KB232843

사르비아 총서 · 221

인현왕후전

작자 미상 | 전규태 주해

범우사

차 례

《인현왕후전仁顯王后傳》의 원명은 《인현성후덕행록
仁顯聖后德行錄》으로, 본시 필사본으로 전해 내려오던
것이 8·15광복 후 주해본이 나옴으로써 널리 알려지
게 되었다.

숙종肅宗 때 인현왕후와 희빈禧嬪 장씨 사이의 쟁총
爭寵을 소재로 한 이 작품은 조선조 궁중의 염정애사
艶情哀史를 그린 내간체內簡體 문학이다. 작자는 왕을
둘러싼 쟁총을 가까이서 지켜보았던 어느 궁인宮人인
듯한데, 정조正祖 때쯤 씌어진 것 같다.

인현왕후 민씨閔氏는 숙종의 비 인경왕후仁敬王后
김씨가 승하하자 그 계비로 책봉되었는데, 6년이 지
나도록 태기가 없자 왕통을 근심한 나머지 왕에게 간
하여 숙의淑儀 김씨를 후궁으로 맞이하게 하였다.

그러나 당시 이미 왕의 총애를 받고 있던 장씨가 급기야 아들(후의 경종景宗)을 낳아 희빈禧嬪의 위치를 굳힌 다음 왕을 마음대로 조종하고 친족들을 등용하는 등 오만방자하게 행세한다. 그리고 갖은 권모술수를 다 써서 인현왕후를 폐출시킨 후 자신이 왕후의 자리에 오르는 데 성공한 장씨는, 아비를 옥산부원군에 봉하고 오라비에게 훈련대장을 제수하는가 하면 숙종 16년에는 자신의 아들 균을 왕세자로 삼기에 이른다. 이에 따라 장씨의 간교함은 날로 더해가고 나라의 기강은 해이해질 대로 해이해진다.

세월이 감에 따라 자신의 간악함과 비행非行에 회의를 품게 된 숙종의 마음을 짐작한 장씨는 갖가지 죄과를 두려워한 나머지 오라비 희재希載와 공모하여 이른바 경신옥사庚申獄事를 일으키고 인현왕후를 독살하려는 흉계를 꾸미다가 발각된다. 이에 숙종은 즉일로 옥사를 뒤집어 간신배를 물리치고 충신들을 다시 등용하였으며 인현왕후를 복위시켰다.

장씨는 그 후에도 더욱 발악적인 흉계를 꾸며 왕후를 죽이고자 했으나 민비 저주 사건으로 말미암아 폐출, 사약을 받고 죽어 간다. 한편 왕후는 복위 후, 잃었던 왕의 사랑을 되찾으나 애석하게도 얼마 후 전신의 종창으로 승하하고 만다.

　이러한 내용을 담은 《인현왕후전》은 사색당쟁의 소용돌이 속에서 빚어진 비극을 그린 것인데, 그 내용 자체의 사료적 신빙성은 약한 편이다. 단지 당초엔 정사政事에 힘썼으나 끊임없는 당파 싸움에 휩쓸려 그 뜻을 제대로 펴지 못하고 끝내는 여색에 눈이 어두워 처첩쟁총妻妾爭寵의 비극을 야기시킨 숙종 당시의 사실史實을 소설적 구성으로 펴나간 것이다.

　이것은 김만중의 《사씨남정기謝氏南征記》의 소재가 되기도 했는데, 문학 작품으로서만이 아니라 인생독본으로서도 값진 고전 중의 하나라 하겠다.

　《인현왕후전》은 국립도서관 소장본을 대본으로 하였으되, 읽는 이의 편리를 위해 철자법은 다소 현대식으로 고쳤음을 밝힌다.

전 규 태(전주대 교수 · 국문학)

인현왕후전仁顯王后傳

인현왕후전仁顯王后傳

　조선국 숙종대왕肅宗大王의 계비繼妃[1]이신 인현왕후仁顯王后 민씨閔氏의 본본本은 여흥驪興이시니, 행병조판서行兵曹判書[2] 여양부원군驪陽府院君 둔촌屯村 민공[3]의 따님이시며, 영의정領議政 동춘同春 송 선생[4]의 외손이시니라.

　모부인母夫人 되시는 송씨가 기이한 태몽胎夢을 꾸시고 정미丁未[5] 사월 스무사흘날 탄생하오시니 집 위에 서기瑞氣가 일어나고 산실産室 안에는 향기로운 냄새가 은은하여 부모들이 소중히 생각한 나머지 집안

---

1) 임금의 후비後妃. 인경왕후仁敬王后 김씨가 돌아가신 후 왕비가 됨.
2) '행'은 관계官階가 관직官職보다 높은 경우에 벼슬 이름 위에 붙이던 말. 부원군으로서 병조판서를 지냄을 뜻함. 3) 민유중閔維重. 둔촌은 그의 호.
4) 동춘당同春堂. 즉 송준길宋浚吉. 5) 현종顯宗 8년(1667)).

식구들로 하여금 이런 말을 내지 못하게 하시니라.

점점 장성하심에 남달리 재주가 뛰어나시고, 용색容色이 찬란한 숙녀淑女이시며, 고금古今에 비할 데 없으시고 여공女功[1]과 몸의 거동 하나하나가 민첩하기 이를 데 없어 마치 귀신이 돕는 듯하시되 그런 내색을 하시는 일이 없으시고, 마음쓰심이 언제나 한결같이 변동이 없으시고 숙연肅然[2]하사 희로喜怒를 타인이 알지 못하며, 무심무념無心無念한 듯하시고 성질이 부드럽고 성덕聖德이 온화하시며, 효성이 남달리 뛰어나시고 마음됨이 겸손하시어 모든 면에서 뛰어난 분이어서, 종일 단정히 앉아 계시는 모습이 위연한 화기和氣 봄볕과 같으시되, 단엄침중端嚴沈重[3]하신 기상氣像이 감히 우러러뵈옵기 어렵고, 맑고 좋은 골격骨格이 설중매雪中梅와 같으시고 높고 곧은 절개는 한천송백寒天松栢 같으시니, 부모와 집안 어른들이 사랑하고 소중히 여기며 원근 친척이 다 기이함에 놀라고 탄복하여, 어릴 적부터 동경치 않는 이 없어 향명香名[4]이 세상에 널리 알려졌더라.

어느 해인가 세숫물 위에 붉은 무지개가 찬란하게 비침을 보고 아버님 되시는 민 공께서 반드시 귀하게

---

1) 여자들의 길쌈 솜씨. 2) 삼가 두려워하는 모양. 3) 단정하고 엄숙하며 침착하고 무게가 있음. 4) 꽃다운 이름.

될 줄 짐작하시고 심중에 염려하시어 범사凡事 교훈
함을 각별히 하여 더할 나위가 없고, 그 둘째 아버님
노봉老峰[1] 민 선생이 경학經學에 통달하고 엄중한 성
품이심에도 불구하고 후后를 지극히 사랑하시어 제
자질子姪보다 더하시되, 매양 인물이 지나치게 훌륭
하면 귀신이 시기를 하여 싫어하는 법이니, 저 애가
과연 현명하고 아름다우니 수명이 길지 못할까 근심
이 되노라고 하셨다 하더라.

　일찍이 어머님 상喪을 당하여 지통至痛이 되어 애훼
哀毁하서 세월이 오래되었으되 예의禮儀 넘으시고, 계
모 조씨趙氏[2] 봉양하는 데 있어서도 지효지성至孝至誠
으로 하시고, 외할아버지 동춘 선생이 애중히 여기사
데려다 앞에 두실 적이 많고 일러 말씀하시기를 이미
국모國母의 덕이 있다 하시니, 내외 문중門中에서 성
학지도聖學之道와 절부節婦의 규중閨中 예행禮行을 모
두 습득케 하시니, 설사 타고난 천성이 때를 만나지
못해 다 이룸이 없다 하더라도 고어古語에 산고옥출山
高玉出[3]이요 해심생태海深生苔[4]라 하니, 명가지문名家
之門의 성인지성聖人之性이 어찌 범용할 것이뇨.

　경신년庚申年[5]에 인경왕후 김씨 승하하시매, 대왕

대비[1]께옵서 곤위坤位[2] 비었음을 근심하시어 간택揀擇하는 영을 내리오셔 숙녀를 구하시니, 청풍부원군淸風府院君 김 공[3]이 후의 덕색德色을 익히 들은 바 있었으므로 대비께 아뢰고 영의정 송 선생이 상전上前에 아뢰되,

"국모國母는 만민의 복이라, 당금 병판兵判 민모閔某[4]의 여식이 매우 현숙함을 신臣이 익히 아옵나니, 바라옵건대 전하께서는 번거로이 간선揀選치 마옵시고 대혼大婚[5]을 완정完定하소서."

상上께서 칭선稱善하시고 대비께 아뢰시니 대비께서 크게 기뻐하시어 비망기備忘記[6]를 내리시어 민 공께 전교傳敎하시어 지실知悉[7]하라 하오시니, 민 공이 황공송연惶恐悚然하여 즉시 상소上疏하여 지극히 사양을 하니 그 사절하는 뜻이 간절하나, 상의 뜻이 이미 굳게 정해지신 터라 허락하지 아니하시고, 세 번 상소를 거듭하매 엄지嚴旨[8]를 내리사 책망을 하시고 좌의정左議政 노봉 민 공을 대궐에 들게 하시어 임금의 뜻을 거슬러 공손치 못함을 꾸중하시니, 신자臣子의 도리에 사양할 말이 없어 대궐에서 물러나 집에 돌

---

1) 현종의 비 명성왕후明聖王后를 일컬음. 2) 왕후의 자리. 곤위壼位, 곤극壼極이라고도 함. 3) 김우명金佑明. 현종의 장인임. 4) 병조판서 민유중을 일컬음. 5) 임금의 혼인. 6) 임금의 명령을 적어 승지에게 전하는 문서. 7) 잘 알아서 처리함. 8) 엄한 분부.

아와 형제 자질이 서로 대하여 황송해하고 천은天恩을 감축하여 충의忠義의 눈물이 절로 떨어짐을 깨닫지 못하였더니라.

내시와 궁인을 보내시어 후를 어의동於義洞 본궁本宮으로 모실 때에 궁인이 상의 명命을 받잡고 후를 뵈옵고 놀라고 탄복한 나머지 부부인[1]께 사뢰되,

"궁인이 천은을 입사와 궁궐에 들어갔으매 대행大行 성덕聖德을 뵈옵고 여린 안목이 팔십이 넘사오되 이와 같으신 영광스러운 성덕을 처음 뵈오니, 국가의 만행이올뿐더러 궁인이 오래 산 것이 영화로소이다"

하니, 부부인이 불감不敢함을 손사遜辭하고 성은聖恩이 과도하심을 누누이 말씀하시니, 그 대하는 몸가짐과 예절이 법도法度를 다하였으므로 상궁尙宮이 차탄嗟歎하고 입궐하여 본 대로 아뢰니, 대비께옵서 크게 기꺼워하시어 길일吉日로 정한 날을 날마다 기다리시며 어찌 날이 이리 더디 가는가 하셨더라.

길일이 이르매 민공이 위의威儀를 갖추어 대례大禮를 행하시니 이때 상의 춘추 스물하나라. 좌우 신하들을 거느리시고 별궁에 거동하시어 옥상玉床의 홍안鴻雁[2]을 전하시고 후의 상교上轎를 재촉하시어 황금봉

---

1) 인현왕후의 생모 송씨를 일컬음. 2) 혼인 때 신랑이 신부댁에 가지고 가는 크고 작은 기러기.

련黃金鳳輦을 친히 봉쇄封鎖하여 대내大內로 환궁하시니 이 모두가 세자빈世子嬪 가례嘉禮와 달라 대전기구大殿器具라, 용봉기치龍鳳旗幟[1]와 황금절월黃金節鉞[2]이며, 만조백관이 시위하고 칠보단장七寶丹粧한 궁인 시녀가 큰길을 덮어 십 리에 늘어서고, 향취 은은하고 가는 퉁소 소리 전차후옹前遮後擁[3]하였으니, 웅장 화려함은 가히 짐작키 어려울 정도더라. 성안에 사는 모든 백성이 길을 메워 천만세千萬歲를 축원하였더라.

교배지례交拜之禮를 행하시니 예도가 눈이 부시고 성덕이 외모에 나타나시며, 찬연한 색광色光은 명월이 추천秋天에 비껴 있는 듯, 조요照耀한 맑은 광채 용상龍床[4] 앞에 보이니, 궁궐의 본색이 한꺼번에 탈색하고 천금보물千金寶物이 빛과 힘을 발하지 못하는 듯하니, 궁 안에 있는 사람들이 크게 놀라 황홀해하고 두 분 전대비마마[5] 크게 기뻐하고 대견해하시어 애중하심이 비할 데 없더라.

이달에 왕비를 책봉하여 곤위에 오르시고 비빈공주妃嬪公主와 삼백 궁녀의 조하朝賀[6]를 받으시니 일기 화창하여 바람은 산들산들 불어오고 상운祥雲이 봉궐鳳闕을 둘러싸니, 짐짓 태평국모太平國母 즉위하시는

---

1) 용과 봉황을 수놓은 깃발. 2) 금으로 만든 도끼. 3) 여러 사람이 앞뒤로 옹위하고 감. 4) 왕이 앉는 의자. 5) 인조의 계비인 장렬왕후莊烈王后 조씨趙氏와 현종의 왕비인 명성왕후 김씨. 6) 조정에 나아가 임금에게 하례함.

날인 줄 알레라. 인심人心이 절로 돌아서 만백성들이 모두 기뻐해 마지않더라.

후께서 즉위하신 뒤, 두 분 전대비마마를 효양孝養하시매 하늘에 빼어난 효성 동동촉촉洞洞燭燭[1]하시고, 상을 받들어 궁안을 다스리시매 덕으로써 인도하사 유순하시고 정정井井[2]하시며, 비빈궁녀妃嬪宮女를 거느리시매 은위병행恩威並行[3]하시어 선악과 친소親疏를 사이 두지 않으시고 사람을 아끼고 사랑하는 화기가 봄동산 같으시어 만물이 다시 살아나는 듯하시나, 예절과 법도가 엄숙하고 강명剛明[4]하며 씩씩하시매 감히 우러러뵈옵지 못하고, 대궐 안에 있는 사람들이 모두 성덕을 흠선欽羨[5]하여 예도가 숙연하며, 입궐하신 지 삼사삭三四朔에 교화敎化 대치大熾[6]하여 화기가 애연藹然[7]하니 두 분 대비께서 극진히 애중하사 국가의 복이라 축수祝手하시고 상감께서도 공경중대恭敬重待하시며, 조야朝野가 모두 흠복欽服하니라.

두 분 대비께서 수조手詔[8]를 우암尤庵[9]께 내리시고 중궁中宮의 성덕을 못내 기리시고 충공忠功을 포장襃獎하시며, 부부인께도 각별히 상사賞賜를 많이 하사

---

1) 공경하고 삼가서 매우 조심스러움. 2) 질서나 조리가 정연한 모습. 3) 은혜와 위엄을 아울러 시행함. 4) 성질이 강직하고 두뇌가 명석함. 5) 우러러 존경하고 부러워함. 6) 기세가 크게 성한 모양. 7) 온화한 모양. 8) 제왕帝王이 직접 쓴 문서. 9) 송시열宋時烈 선생을 일컬음.

대대로 그치지 않으사 은영恩榮[1]이 형특逈特[2]하시니 민부閔府[3]에서 송황悚惶함을 마지아니하였더라.

계해년癸亥年[4] 겨울에 상께오서 두환痘患[5]으로 미령靡寧하오사 증세 위독하시니 후께서 크게 염려하시어 주야로 띠를 끄르지 아니하시고 정성이 아니 미친 곳이 없고, 대비께오서 또한 조심하시고 우민憂悶하사 후와 더불어 찬물에 목욕하시고 엄동설한에 후원後苑에 단을 모으사 친히 올라 주야로 축원하시니, 후는 대비의 옥체玉體 상하심을 염려하오사 몸소 대행代行하여 치성致誠할 바를 아뢰어 간절히 애원하시나 대비 듣지 아니하시고 주야로 정성을 한가지로 하시니, 창천蒼天이 감동하사 가만한 가운데 도우심이 있어 상께오서 회복되시니 신민이 열락悅樂하기 측량할 길이 없었는지라.

대비께서 상이 미령하신 중 한설寒雪을 무릅쓰고 많이 근로하신 고로 옥체 자못 상하사 신음하시더니 점점 위중하시니 상과 후께서 어찌할 바를 모르고 곁에 모시어 주야로 시탕侍湯하여 간병看病함을 마지아니하시고, 대신大臣에게 명하사 동문東門에 있는 절에 빌라 하시며 조서詔書를 내리사 통개옥문通開獄門하

---

1) 임금의 은혜를 입는 영광. 2) 빛나고 뛰어남. 3) 민씨 집안. 곧 인현왕후의 친정. 4) 숙종 9년(1683). 5) 마마, 천연두.

사 사죄인死罪人을 모두 놓아주시고, 모든 어의御醫로 시탕施湯을 배설하여 의약을 지성으로 하시되 조금도 효험을 보지 못하시니 상과 후께서 망극하사 초황焦惶하시며 신민이 황황망조遑遑罔措[1]하더라. 납월臘月[2] 초닷새 인시寅時[3]에 창경궁昌慶宮 저승전儲承殿에서 대비 승하하오시니 춘추 마흔둘이시라. 신민이 진동하고 궁중이 경황하여 곡성이 하늘에 닿고 상과 후 애통하심이 지극하사 일절 육찬肉饌을 들지 아니하시니 궁중의 상하가 상과 후의 성효誠孝를 탄복치 않는 이 없더라.

이러구러 삼 년을 지내고 혼전魂殿[4]을 파하매 상과 후 새로이 영모애통永慕哀痛하시더라.

궁인 장씨張氏[5] 비로소 후궁에 참예하여 희빈禧嬪을 봉封하시니,[6] 간교하고 민첩혜할敏捷慧黠[7]하여 상의上意[8]를 영합하니 상께서 극히 총애하시니라.

무진년戊辰年[9] 정월에 상의 춘추가 삼십이 거의 되셨건만, 농장지경弄璋之慶[10]을 보지 못하심을 근심하시는지라 후께서 깊이 염려하사 하루는 조용히 상께 아뢰어 어진 후궁을 뽑으셔 자손 보심을 권하시되 상

---

1) 마음이 급하여 허둥지둥하며 어찌할 바를 모름. 2) 음력 섣달의 딴이름. 3) 오전 3시 ~ 5시. 4) 임금이나 왕비의 국장國葬 뒤에 3년 동안 신위神位를 모시던 궁전. 5) 숙종의 빈嬪. 6) 숙종 15년(1689). 7) 눈치 빠르고 약삭빠름. 8) 임금의 뜻. 9) 숙종 14년(1688). 10) 아들을 낳는 경사.

이 처음에는 허락지 않으시더니, 후께서 날마다 힘써 권하여 한 여자의 생산할 것을 기다리느라고 막중한 종사宗社[1]를 가벼이 못할 것으로 간절히 아뢰니, 정정亭亭하신 덕과 유화한 말씀이 진정에서 우러나온 것임이 분명하였더라.

상께오서 감탄하시고 조정에 후궁을 간택하시는 전지傳旨를 내리오시니 명안 공주明安公主[2]가 하교下敎를 듣잡고 놀라 고모 되시는 대장 공주를 모시고 입궐하여 상과 후를 뵈옵고 인하여,

"중궁 춘추가 정정하시니 아직 생산하심을 기다릴 것이요, 후궁을 뽑으심은 불가하나이다."

하고 주奏하니 후가 그 자리에 동석해 계시다가 안색이 정정正正하여 말씀하시기를,

"내 박덕미질薄德微質[3]로 곤위에 올랐으나 주야로 걱정되는 것은 윗전(윗대) 성덕을 갚삽지 못하고 대연분大緣分을 저버리게 될까 염려하더니, 덕이 없어 생산의 길을 열지 못하니 이는 종사에 큰 염려 아니리요?"

하고 말씀을 마치시매 안색이 정일精一하사 안과 밖이 자약自若[4]하시니, 두 분 공주가 감복하여 다시 간

---

1) 종묘宗廟와 사직社稷. 2) 현종의 셋째 따님. 어머니는 명성왕후 김씨. 3) 얇은 심덕과 미약한 기질. 4) 큰일을 당해도 침착하여 태도가 보통 때와 다르지 않음.

하지 못하고 서로 성덕을 칭송하고 대왕대비께서 애중해하셨음을 더욱 알 만하다 하더라.

드디어 숙의淑儀[1] 김씨를 뽑아 후궁에 두시니 후께서 예로 대접하시고 은혜로 거느리시니 덕택이 태임太姙·태사太姒[2]와 하나도 다를 게 없으셨더라. 궁중이 그 덕을 외오고 선행을 일러 탄복치 않는 이 없으나, 시운時運이 불행하고 후의 운명과 재주를 하늘이 정해 놓으셨으니 예로부터 홍안박복紅顔薄福[3]과 성인聖人의 궁액窮厄은 인력으로 어쩔 수 없는 터인즉, 고로 사람들은 천도天道를 의심하는 바이라.

무진戊辰 추팔월秋八月에 인조대왕비仁祖大王妃 조씨趙氏가 창경궁 내전內殿에서 승하하오시매, 춘추 예순다섯이시더라. 상과 후가 애통하여 조석朝夕으로 제전祭奠에 참례하사 슬퍼하심을 과도히 하시더라.

이해 동시월冬十月에 희빈 장씨張氏 처음으로 왕자[4]를 탄생하니 상께서 지나치게 사랑하심은 이를 것도 없고, 후도 크게 기뻐하사 어루만져 사랑하심을 당신이 낳으신 친자식과 같이 하시니, 장씨가 자기 분수를

---

1) 조선 내명부內命婦의 종2품. 궁중에서의 직무는 없고 임금의 부실副室로 교명敎命을 받으면 승격함. 2) 중국 주周나라 문왕文王의 비이자 무왕武王의 어머니. 현부인으로 이름이 높음. 3) 썩 예쁜 여자는 팔자가 사납다는 뜻으로 이르는 말. 4) 숙종 14년 무진 10월 28일, 창경궁 취선당就善堂에서 태어난 경종景宗을 일컬음.

지키고 있었더라면 영화 가득할 것이로되 문득 참람
僭濫[1]한 뜻과 방자한 마음이 불일듯하니, 중궁의 성덕
과 용색容色이 일국에 솟아나고 인망人望이 다 돌아가
고 있음을 시기하여 가만히 남몰래 제거하고 대위大
位[2]를 엄습코저 하니, 그 참람한 역심逆心이 더하여
날마다 기색氣色을 살펴 중궁전中宮殿을 참소하기를,
새로 태어난 왕자를 짐살鴆殺[3]하려 한다느니 희빈을
저주한다느니 하여 국모國母를 헐뜯고 모함하지 아니
함이 없어, 간악한 후빈后嬪들을 모아 소문을 퍼뜨리
고 자취를 드러내어 상이 보시고 들으시게 하니, 예로
부터 악인을 의롭지 않게 돕는 자가 있다는 그런 흔한
일이 일어난 것이더라.

　중궁을 간해奸害하는 말이 날이 지날수록 심해지니
상께서 점점 의심하사 중궁을 아주 박대하시고 장씨
는 요악한 교태로 천심天心[4]을 영합하며 왕자를 방패
삼아 권세가 대단하니, 상께서 점점 장씨의 사랑에 혹
惑하사 능히 흑백을 분별하지 못하시니, 전날에 엄숙
하고 광명하시던 성심聖心이 아주 변감變減하사 어진
신하는 모두 물리치시고 간신을 많이 뽑아 쓰시니 조
정이 그윽이 의심하고, 후께서는 깊이 근심하시어 장

---

1) 제 분수를 지나서 방자함. 2) 높은 위치, 여기서는 중전의 자리. 3) 짐새
의 깃에 있다는 강한 독을 탄 술을 먹여 죽임. 4) 임금의 마음.

씨의 사람됨이 반드시 변괴를 내실 줄 아시나, 왕자의
당당한 기상이 있는 고로 깊이 생각하시고 만행萬幸히
여기사 사색辭色[1]을 나타내지 아니하시고 갈수록 숙
덕성심淑德聖心을 행하시더니, 이듬해 기사년己巳年[2]
에 여양부원군이 돌아가시매 후 망극애통罔極哀痛하
시어 장례를 지내시되 육찬과 맛있는 음식을 가까이
아니하시고 애절하게 슬퍼하심을 마지아니하시되, 상
께선 이미 결정하신 뜻이 계신 고로 발설치 않으시나
민간에 소문이 일어나 중궁을 폐위하신다 하더니, 이
해 사월 스무사흗날은 중궁전 탄일誕日이라, 여러 궁
宮과 내수사內需司에서 공상단자貢上單子[3]를 드리니
상께서 단자를 내치시고 음식을 모두 물리치시며, 대
신과 2품二品 이상의 신하들을 인견引見하신 자리에
서 폐비廢妃함을 전교하시니, 좌승지左承旨 이이만李
頤晩이 불가함을 간하매 상께서 크게 노하사 이이만
을 파직하시고, 또 수찬修撰[4] 이만원李萬元[5]이 상께서
실조失措하심을 간하니 상께선 더욱더 노여워하시어
원찬遠竄하라 하시니, 이렇듯 대신 중신 사십여 인을
먼 고을로 정배定配하시고 또 비망기를 내리오시니,
조정이 깜짝 놀라 일시에 정청政廳을 배설하고 다투

---

1) 말씨와 얼굴빛. 2) 정묘년丁卯年의 잘못이니, 민유중이 죽은 해는 숙종
13년 1687 정묘 6월임. 3) 궁중에 물건을 바치는 단자. 4) 홍문관弘文館의 정
6품 벼슬. 5) 호는 이우당二憂堂. 후에 이조참판까지 오름.

는 체하나 실정實情은 아니었음이라.

이때 후의 부숙父叔[1]과 종형제 조정에 들어와 벼슬을 하여 학문 도덕이 조정에 널리 알려져 벼슬과 명망이 높고 이름이 세상에 가득하나, 후 입궐하심으로부터 전전긍긍戰戰兢兢함이 더하여 사업私業을 베풀지 못하니 그를 소인들이 시기하여 기회를 엿보고 있던 터이라 적이 다행하게 여겨 색책塞責[2]을 하고, 예조판서禮曹判書 민동은 죄목을 벗겨드리고, 대사헌大司憲 목창명睦昌明[3]은 정청政廳을 역정하여 물리치고, 간신의 간언奸言이 방성方盛하여 상의 뜻을 영합하고 후궁의 간사한 기운이 상의 총명을 가리니 양과 같이 선량한 충신의 간언諫言이 어찌 효험이 있으리요.

이때에 응교應敎[4] 박태보朴泰輔[5]가 파직중에 있어 정청에도 참가하지 못하고 달리 간諫할 이가 없어 이에 예조의 모든 서리들에게 사발통문을 놓아 한가지로 상소할 때에, 전판서前判書 오두인吳斗寅[6]이 벼슬 품품이 높음에 소두疏頭가 되어 응교가 손수 상소문上疏文을 짓고 서리 여러 사람들이 합소合疏하여 스무닷

---

1) 아버지 민유중과 숙부 민정중. 2) 그 자리만 임시변통하는 일, 겉으로 책임을 얼버무림. 3) 호는 취강翠岡. 여러 언관직言官職을 거쳐 도승지, 대사헌, 대사성 등을 지냄. 4) 홍문관, 예문관 소속의 정4품 벼슬. 5) 호는 정재定齋. 이조좌랑吏曹佐郎, 암행어사 등을 지냄. 6) 호는 양곡陽谷. 공조판서, 형조판서를 지냄.

샛날 정원政院에 바치고 비답批答[1]을 궐하에서 기다리더니, 상께서 상소문을 보시고 크게 노하시어 특지特旨로서 추국推鞫하려 하시어 옥교를 타시고 무감武監[2]과 여관 내시를 데리시고 인정전仁政殿에 문죄問罪 어좌御座하시니 금부당상禁府堂上들과 대신 삼사三司들을 급히 불러 현지 진동하시어 추국 기구機具를 일시에 차리실 때 횃불이 궐내에 가득 차고 일시에 내외에 떠들썩해하는 소리 진동하더라.

그때에 참다운 신하들이 날이 벌써 어두우매 명일明日에 다시 상소할 양으로 각각 흩어지고 궐하에는 오직 소두 오두인, 전판서 이세화李世華, 전참의前參議 신수랑, 진주목사晋州牧使 이돈견, 응교 박태보, 전수찬前修撰 김종신, 전한림前翰林 이인엽, 정언正言 김덕기, 조제수 등이 몇 명 있기는 하나 그 중 오두인, 이세화, 김덕기 각각 의막依幕[3]에 있더니 궐내에 횃불이 왔다갔다하고 떠드는 소리가 가득함을 듣고 가라사대,

"이것이 필경 우리들을 다스리려 하는 것이로다."
하더니, 과연 기별을 듣고 일시에 한가지로 금오문金吾門 밖에 가서 대죄大罪하게 되니 사람마다 죽게 되었구나 하고 떨며 말을 못하였으나 응교만이 홀로 신

---

1) 상소에 대한 임금의 하답. 2) 무예별감武藝別監. 3) 임시로 거처하게 된 곳.

색신色身이 자약하여 말하기를,

"이 일이 이 지경에 이를 것을 두려워하지 아니하였
거든 새삼스레 놀라면 어찌하겠소?"
하고, 여느때와 조금도 다르지 아니하더라.

이때 전참의 신수랑이 오두인더러 말하기를,

"대답하올 말씀을 의논치 아니하시나이까?"

이에 응교 대답하여 이르기를,

"대감이 들어가시면 상감이 만일 저 상소에 대해 물
으시거든 바른대로 말씀하소서."
하니, 오판서吳判書 말하기를,

"어이 차마 바른대로 말할 수 있겠소?"
하니, 응교 말하기를,

"이 일은 임금을 속이지 아니함을 으뜸으로 삼을 것
이매, 부디 일을 바로 하소서."

이세화 이에 바지와 대님을 풀고 다리를 만지며 말
하길,

"삼십 년 동안 국록國祿을 먹어 살이 쪘더니, 이 다
리 오늘날 염정焰庭에 가면 회초리 되었도다."
하더라.

이윽고 대궐에서 횃불 네 개와 금부도사禁府都事,
나졸이 치달아 나오면서 급한 소리로,

"소두 오두인 어디 있더냐?"
하거늘, 대답하여 가로되,

“예 있노라.”

하고, 큰칼을 목에 쓰고 달려갈 때 박응교, 오두인과 김덕기를 잡고 말하기를,

“이 일을 바로하는 것이 으뜸가는 일이매, 대감이 들어가시면 상감께서 응당 누가 제소提疏했느냐 물으실 것이니 부디 바른대로 말씀하소서. 이 일이 혼자 담당할 일이요, 내 실로 혼자 지어서 상소문을 쓴 것이니, 행여 바른대로 아뢰지 아니하면 화를 여러분이 당할 것이니 부디 말씀을 바로하사이다.”

하고 새삼스럽게 당부하더라.

인하여 목화木靴[1]를 벗고 미투리를 신고 앉았더니만 이어 횃불이 또 달려와 이세화와 유현을 찾으매, 이 두 사람이 그 다음 차례더라.

이세화는 칼을 쓰고 들어가고, 유현은 이때 병이 중하여 문밖 자기 집에 있었더니 금오랑金吾郞[2]과 나장羅將이 급히 달려가 잡아들이더라.

이윽고 횃불이 또 달려와,

“제소한 자는 누구인고?”

하고 묻거늘 응교 즉시 일어나,

“내노라.”

---

1) 관대冠帶를 입고 사모紗帽를 쓸 때 신는 신발. 검은 사슴가죽으로 만드는데, 장화와 비슷함. 2) 의금부 도사.

하고, 망건을 벗어 담뱃대와 한가지로 종에게 주며,

　"모친께 드리라."

하고, 이어 큰칼을 뒤집어쓰고 들어가니 이인엽, 김종신, 조제수 등 제신諸臣이 응교의 소매를 잡고 일러 말하기를,

　"어이하여 의논도 않고 혼자 담당하려고 들어가시오?"

하니, 응교 웃고 대답하여 말하기를,

　"내 이미 마음에 정한 바 있으니 무슨 의논할 일이 있단 말씀이시오?"

　이인엽이 답하여 말하기를,

　"그 글이 구태여 자네 혼자 짓지 않았네. 우리 한가지로 의논하였거든 어이하여 혼자 담당하려느뇨?"

　응교가 웃고 말하기를,

　"그 상소는 내 짓고 내 썼으매, 자네가 내가 지은 죄를 대신 입을 까닭이 있는가? 죽어도 나 혼자 죽고 남을 죽이지 않을 것이매, 염려 말게."

하고 소매를 떨치고 내달으니, 이돈견이 말하기를,

　"여보게, 자네 어이 남긔[1] 달려들 듯 경솔히 내닫느뇨?"

　응교가 돌아다보고 웃고 말하기를,

———

1) '나무에'의 옛말.

“이때를 당하여 아니 달려들꼬? 다시 우스운 말 말게. 내 벌써 정하였으니 이때를 당하여 면하려고 하겠소?”

하고, 신색이 자약하여 들어가는 것이더라.

오공吳公 두인은 벌써 원정遠定하였고 이공李公 세 화는 아직 당 밖에 있더니, 응교가 들어가서 앉으매 이공이 말하기를,

“우리는 나이도 많고 국은國恩을 많이 입었으니 이 제 죽어도 한될 것이 없거니와 자네는 처자식과 양 노 친 두고 형제 없이 나라 은혜를 우리같이 입었는가? 이제 들어가 죽을 것이매, 부디 내게 미루소.”

응교 칼머리를 잡고 이르되,

“대감도 되지 못하는 말을 하시나이까? 내가 들어 가서 할 말씀을 대감이 지휘하시나이까? 인신人臣이 이에 이르러 죽을 따름이라, 어이 차마 거짓말하겠나 이까?”

하며 끝내 바른대로 아뢰니, 사람마다 기특하게 여겼 더니라.

이에 잡혀 들어가니 상께서 어좌御座에 앉으시어 크게 소리지르사 응교더러 일러 말씀하시기를,

“내 네놈을 자식처럼 어여삐 여긴 지 오래거든 네 갈 수록 이렇듯이 하는고? 전부터 나를 범하여 독살을 부 리니 괘씸하게 여기면서도 여태껏 모른 체했으나 이제

죽는 줄 알라. 이제 나를 배반하고 간악한 부인을 위하여 무슨 뜻을 받아 간특 흉악한 노릇을 하는고?"

응교 엎드려 정색하여 아뢰기를,

"전하, 어이 이런 말씀을 차마 하시나이까? 군신君臣 부자父子 일체一體라 하오니, 아비 성품이 과하여 애매한 어미를 내치고자 하면 자식이 어이 살고 싶은 뜻이 있사오리까? 이제 전하께서 무고無辜한 처사를 하오서 곤위 장차 편안치 못하시게 되오니 의신義臣이 망극하와 오늘날 죽사옴을 정하와 상소를 드리오니 어찌 전하를 반叛하올 뜻이 있사오리까? 중궁을 위하온 일이 정히 전하를 위하온 일이오니, 전하를 모셔온 중궁이 아니시니이까?"

상께서 더욱 노여워하시어 이르시기를,

"급급 결박하라. 이놈아, 네 갈수록 나를 욕하는도다. 내 역률逆律[1]을 쓰리라. 우선 형문刑問[2]을 치려니와 압슬壓膝,[3] 화형火刑 기구를 차리라."

하시니, 응교가 아뢰기를,

"다른 말씀 하릴없사와, 의신이 이 상소를 지었다 하시고 다스리려 하시면 상소를 가지시고 문묵文墨을 내사 묻자오시면 의신이 자세히 아뢰오리이다."

---

1) 역적을 처벌하는 법률. 2) 형장刑杖으로 죄인을 때림. 3) 죄인을 움직이지 못하게 하고, 꿇린 무릎 밑엔 사금파리 따위를 깔고 무릎 위를 압슬기로 누르거나 무거운 돌을 올려놓던 일.

상께서 이르시기를,

"네 그중에 침윤 거간 상일 상립 교수 등 어찌 말고 자세히 아뢰라."

하시니, 응교가 그 상소문 두 줄을 외워 낱낱이 여쭈되,

"이 말씀은 이리이리 하온 일이요, 저 말씀은 저리저리 하온 말씀이니이다. 무릇 여염의 일처일첩一妻一妾을 두는 사나이라도 가장 노릇을 잘못하여 첩을 지나치게 사랑하는 일이 있으면 집안에 화목을 도모하지 못하고 상립相立[1]하는 일이 있어 고이[2] 되는 일이 많사오니, 전하 요사이 후궁을 총애하시는 일이 있으신 뒤로 하오시는 일을 뵈오니 의신이 매양 그러하오신가 의심이 있삽더니 이제 과오를 범하시오니 의신은 과연 그러하오신가 그리 아옵나이다."

상께서 이르시기를,

"네 어찌 그따위 말을 하느뇨. 그러면 나를 천첩賤妾의 거짓말을 곧이듣고 해거駭擧하는 사람 같다고 하는 것이냐? 네 나를 무고하여 광한狂漢 같다고 하느뇨?"

하시고, 이어 금부 나장에게 되게 칠 것을 명하시어 "매질하라" 하시고 해묵은 쇠사슬로 두어 번 얽어 무릎을 잔뜩 졸라매어 고개를 움직이지 못하게 하고 추

---

1) 둘이 서로 맞섬, 즉 다툼. 2) 고약하게.

를 가슴에 닿게 동여매고 일일이 살펴서 각별히 엄형에 처하시니, 좌우승지左右承旨와 금부당상禁府堂上들과 도사都事 나장들이 일시에 "되게 쳐라" 하는 소리가 진동하매, 대궐 안에서 매질하는 소리가 천지天地를 진동하여 향교동까지 들리더라. 피가 낭자하게 튀고 살이 해어지되, 응교는 한 번 앓는 소리도 아니하고 움직이지 않고 낯빛도 하나 변하지 아니하니 마치 헛것을 치는 것 같더라.

상께서 더욱 크게 노하시어 이르시기를,

"이놈아, 네가 몇 놈들이 부동符同[1]해서 한 짓인 것을 끝내 고하지 아니할 생각이냐? 홍치상이 부동한 죄로 죽었거늘, 네 금방 보고서도 어찌 아니라고 하느냐?"

응교 소리를 높여 아뢰기를,

"전하 어찌 신의 뜻을 그리 모르시나이까? 홍치상은 제가 가만히 한 일이옵거니와 의신의 상소는 공공지론公公之論으로 하였삽거든, 어이 홍치상에게 비교하시나이까?"

상께서 더욱 노하여 말씀하시기를,

"음흉하고 간특한 계집을 위해 저렇듯 강악强惡하뇨?"

---

1) 그른 일을 하기 위해 몇 사람이 결탁함.

응교가 그 말씀을 듣고 각별히 얼굴 모습을 엄정히 하여 다시 기침을 하고 아뢰되,

"전하, 어이 차마 이런 말씀을 하시나이까? 부부는 인륜지대人倫之大요 성은 인륜지지라 하오니, 무릇 여염의 사람도 부부의 의義를 중히 여기옵거늘 중궁이 뉘 배필이시라고 상께서 진노하시기로 성인聖人의 말씀을 그르치게 마옵소서. 사어私語[1]를 이렇듯 도리에 어긋나게 하시나이까?"

상께서 더욱더욱 크게 노하시어 이르시기를,

"네가 하늘을 공축恐縮케 하려느냐? 네가 한 소행만을 아뢰지 않고 웬 딴소리를 하느뇨?"

응교 대답하여 아뢰되,

"전하께서 근래 주역周易을 강講하시면서 어찌 건곤乾坤의 이치를 알지 못하시나이까? 중궁께 설사 흉허물이 있으시다 하여도 명성왕후 계실 적에는 극진히 사랑하셨을 따름이요, 과실이 계시다 함을 듣잡지 못하였사온데 어이 이제 원자 탄강元子誕降하신 후 저렇듯 허물을 하오시니, 의신은 앞으로 상감께서 인연을 짓밟으시고 인륜을 어긋나게 하시며 착한 이를 모함했다는 비방을 듣자오실 줄 알겠나이다."

상께서 지극히 노하시어 성음聲音을 이루지 못하시

---

1) 사사로운 말씀.

고 이르시기를,

"이놈아 그 말 또 하라. 그 무슨 말인고? 네 부동한 사실만을 어찌 이르지 아니하는고? 이놈의 강악이 갈수록 더하는도다. 역률로써 압슬 화형을 하리라. 네 고놈의 말하는 주둥이를 지지라."

하시니, 나장들이 차마 그대로 못하고 그리 상하지 않게 화침火針 능장稜杖[1]을 옆으로 비껴 쥐고 지지는 시늉을 하니 "점점 치라" 하시는 것이더라.

형문 두 치 맞았는데 첫 채에 헤지 않은 것이 여네 번이요 둘째 채에 헤지 않은 것이 아홉이니 모두 합하면 세 채를 맞은 꼴이 되매, 살이 미어지고 핏방울이 튀어 바지에 잠겨 손으로 짜게 되었건만 응교는 아픈 사색을 아니하였더라.

상께서 이르시기를,

"급히 압슬하라."

하시므로, 응교 대답하여 아뢰되,

"의신은 오늘날 죽음을 정하였삽거니와 전하께서 일을 이렇듯이 하시오니 후일 망국지주亡國之主 되올 것이니, 그를 서러워하나이다."

상께서 말씀하시기를,

---

1) 밤에 순경巡更을 돌 때 쓰는 기구로, 150㎝ 길이의 나무 끝에 물미를 끼우고 위에는 쇠두겁을 씌움. 여기서는 형장刑杖의 한 가지.

"내가 망국하든 말든 네가 아랑곳할 것이 무엇이뇨?"

하시매 응교 대답하여 아뢰되,

"전하께서 어찌 저런 말씀을 하시나뇨? 의신은 교목세신喬木世臣[1]이라, 나라와 더불어 목숨을 한가지로 하올 몸이오기에 이를 서러워하나이다."

상께서 가라사대,

"잔말 말고 압슬하라."

하시고, 돌아다보시며 사관史官더러 이르시기를,

"태보의 그런 말은 쓰지 마라."

하시더라.

압슬 기구를 차려 그날 즉시 압슬할 새, 널을 놓고 자갈을 가득히 널 위에 깔고 형문 맞은 다리를 그 위에 앉히고 그 위에 자갈 모은 것 두 섬을 붓고 다리를 못 드는 데를 좌우로 푹푹 막대기로 쑤시느라고 그 널을 위에 덮고, 상하 머리를 잔뜩 졸라맨 건장한 나졸이 한 머리에 셋씩 올라서서 질근질근 하는 소리, 소리치며 널뛰듯 발을 굴러 비비기를 한 채에 열세 번씩 하여, 속이지 말고 바른대로 아뢰어라 일시에 소리를 지르나 응교는 더욱 안색을 동하지 않고 한 번도 앓는 소리를 내지 아니하니 상께서 더욱 크게 노하시어 이르시기를,

---

1) 여러 대를 중요한 지위에 있어 기쁨과 근심을 나라와 같이하는 신하.

"이놈의 강악이 되게 무섭구나. 저렇게 표독하거든 나를 욕하지 아니하겠느냐? 종시 자백을 아니하고 강악하기 비할 데 없으니, 네 끝까지 모든 것을 실토하지 아니하려느냐? 네 끝내 다른 무리들과 부동한 사실을 자백하지 아니하려느냐? 꿈 말은 어찌 된 말인고?"

응교 대답하여 이르되,

"의신의 회포는 상소문에 다 하였사오니, 무슨 다른 말을 하였다 하시나이까? 의신은 추호도 다른 무리와 부동한 일이 없사오니 자백할 것이 없나이다. 꿈 말씀도 다른 데서 알게 된 것이 아니오니 어이 알겠습니까마는, 전하께서 내리신 비망기 속에 있사옵기 보았고 아뢰었나이다."

상께서,

"네 그렇다면 내가 거짓말을 한다고 하는 것이냐?"

응교 대답하여 아뢰되,

"궁 안의 일을 의신이 자세히 아옵지 못하거니와, 꿈이란 것은 본디 허망한 것이오니 어이 구태여 일일이 맞추기를 기약하겠나이까? 우연한 몽사夢事를 맞추지 못한 신들이 무슨 과실이오며 몽매간의 일을 우연히 부부간에 아뢰었사온들 그것이 무슨 대단하신 허물이시라고 일을 절박하게 하셔 큰 죄를 삼으시니, 이 큰 과오가 아니시옵니까? 비록 중궁은 꿈을 믿는다 하오셔도 이전에는 전하께서도 현몽하신 일을 여

러 번 인견引見 때에도 꿈 말씀을 하여 계시오매, 의
신은 전하께서 스스로 잘못하신 탓인가 하나이다."

상께서 더욱 크게 노하여 가라사대,

"네 나를 다만 거짓말 하는 광인 같다 하느냐? 네 불
과 간악한 계집이 네 편당偏黨이라 하고 저리하는가?"

응교 아뢰되,

"의신이 입조하온 지 열세 해오되 의신 인물이 세상
사람과 합함이 적어 어느 때나 한결같이 무디기로 이
리 삼가는 줄 모르시나이까? 만일 편당을 따라 그런
일을 하옵고 뜻 맞추기로 행세하옵게 되면 어찌 전하
께 뜻을 여쭙지 못하였사오리이까? 이 상소는 일국에
공공지론을 하였사옵고 전하의 신자 되어 전하의 실
덕하심을 보옵고 도리어 응당 죽도록 간하올 따름이
오이다. 전하의 하교를 듣자오니 전하께옵서 의신을
서인西人이라 하오셔 이리 참형을 하옵시는가 싶으오
이다."

상께서 더욱 노하여 이르시기를,

"네 일정 날더러 서인이라 하기로는 잘하더라."

응교 대답하여 아뢰되,

"전하! 마음을 깊이 생각하여 보소서. 아비가 어미
를 아무 죄도 없이 내치려 하오면 그 자식이 어이 죽
도록 간諫치 아니하리이까? 아시기 어렵지 않은 일이
거든 전하께서는 어이 그리 생각지 아니하시나이까?"

상께서 말마다 더욱 대로하시어 이르시기를,

"저놈이 지독하게 독살을 부리니 바삐 화형을 행하라."

시뻘겋게 단 숯을 응교의 곁에 피우되 미처 부채를 찾지 못하여 나장이 옷자락으로 부쳐 불기운이 좌우로 쬐니 시위한 사람이 낯이 더워 견디지 못하였더라. 쇠를 불에다 달구어 지지며,

"네 이래도 자백을 하지 않느뇨?"

응교 고쳐 앉아 전교傳敎를 듣잡고 대답하여 아뢰되,

"의신이 부동하온 일이 없사오니, 어찌 부동하였다는 자백을 하오리까?"

상께서 더욱 대로하시어 이르시기를,

"독하고 독하다."

하오시고 팔을 뽑내시며,

"급히 화형에 처하되 큰 나무에 높이 매달고 무릎에서부터 온몸을 지지라."

하오시니, 기둥 같은 나무를 박고 엄지발가락을 노끈으로 동여매고 머리를 풀어헤쳐 아래 감아매어 거꾸로 매달고 아래가 여섯 치나 뜨게 달아매었으니 진실로 다른 사람 같으면 기겁을 하여 말하기가 어려울 듯하건만 정신을 더욱 가다듬어 안정安靜히 아뢰어 가로되,

"의신이 듣자오니 압슬, 화형은 역적 물으실 적에

쓰는 형벌이라 하오니 의신이 무슨 역적의 죄가 있사
오리까?"
　상께서 더욱 화를 내시며 이르시기를,
　"너의 죄는 역적보다 더하니라."
하시는데, 나장이 바지를 추스르려고 하니 상감이 이
르시기를,
　"해지고 살이 난 쪽을 못 지질까?"
하시매, 급하기 번개 같고 위엄이 뇌성雷聲 같으시니,
미처 바지를 벗기지 못한 대로 찢고 벗겨 쇠를 불같이
달구어 낯에 쏘이고 기둥에 스쳐 연기가 풀풀 이는 모
습은 차마 눈뜨고 보기가 어려울 지경이더라.
　쇠를 둘씩 달궈 지지기를 한 때에 열세 번씩 하여
전후 남은 살이 다 녹아 무릎까지 다 남은 데가 없으
니 검기가 숯덩이 같으되 사기자약士氣自若하여 말씀
을 더욱 명백 정당히 하며, 아프다 소리 한 번 아니하
고 눈도 찡그리지 아니하니 좌우에 시위한 사람들이
다 떨어 안절부절 못하다가도, 응교를 내려 밀어보면
잠깐 진정하곤 하는 것이더라.
　상께서 이르시기를,
　"이래도 부동한 사실을 자백하지 아니하느뇨?"
　대답하여 말하기를,
　"의신이 이제 이렇듯 뜻을 고쳐 거짓 자백自白은 못
하리로소이다."

상께서 이르시기를,

"네가 상소한 사실 하나만 인정하고 다른 부동한 일들은 자백하지 아니하니, 무수히 지졌지만 그래 마땅하도다."

하시니, 이에 대답하여 말하기를,

"의신 의절義節이라 하오니 의신이 오늘날 신절臣節을 다하려 하옴이니 무슨 다른 자백을 하라고 하시나이까? 의신이 다만 십 년을 경락京洛[1] 출입을 하되 나라에 은혜를 갚지 못하였삽더니, 오늘날 전하께 이런 실덕을 하오니 이것이 신의 죄이옵지 달리는 죄 입사올 일이 없을까 하나이다."

상께서 더욱 노하여 사관史官더러 이르시기를,

"태보의 그런 말을 쓰지 마라. 인간이 저런 강하고 독한 놈이 어디 있으리요. 저렇거든 날더러 참혹하다고 욕을 아니할까? 사납기가 범보다 백 배나 더하도다."

하시기를 열 번이나 더하시었다 하더라.

"화형은 무릎과 온몸을 다 지지라."

우의정右議政 김덕원이 한참 머뭇거리다가 여쭈되,

"화형이 본디 할 곳이 있으니 이리하시면 각별하온 법이 되리이다."

상께서 말씀하시기를,

---

1) 서울.

"그렇거든 역적 다스리는 화형 규칙대로 하라."
하시니, 고쳐서 발뒤축을 지지니 상께서 이르시기를,
"어이 발뒤축만 지지리요. 옆과 바닥을 다 지지라."
하시니, 비로소 어디라고 정치 못하여 바닥, 옆 할 것
없이 마구 꺼멓게 지졌더라.

그러나 응교는 안색을 조금도 변치 않고 정신이 조
금도 흩어지지 않아 말이 조리 있어 조금도 본래의 의
로운 마음을 잃지 않더라.

상께서 소리를 높여 이르시되,
"이놈, 네 정 이러하기냐? 유현이 상소문을 모르노
라 하니 진정 모르느냐?"

응교 대답하여 아뢰되,
"유현이 제 어찌 상소하는 것을 모르오리까마는 그
때 병이 대단히 중하였삽기에 들어오게 못하여 제 자
식을 시켜 이름을 대신 적게 하였사오니 상소 글이야
어찌 보았사오리까?"

상께서 말씀하시기를,
"이세화는 너와 같이 글을 지었노라 하니 옳으냐?"

대답하여 가로되,
"글을 지어서 쓰기를 의신이 하였사오니 세화는 의
신을 구하여 살리려 하옵고 제가 하였노라 하오이다.
이로써 의인義人이 살기를 얻었다 하나이다."

상께서 이르시기를,

"네 마음에 부동한 사실을 말하려 하지 않는구나."

대답하여 아뢰되,

"신을 죽이고자 하오면 바로 내어 베실 것이지 억지로 자백을 구하려고 하시나이까? 신이 보오니 전하께서 지나치게 기운을 쓰시어 밤이 새도록 격노激怒하시오니, 예사 성만 내셔도 기운이 손상하옵는 것이온즉 옥체 상하시는가 염려되옵나이다. 아무리 자백을 받으려고 하와도 신의 마음이 임군을 속여 거짓 자백은 못 드리겠나이다."

하고 다시금 우러러 아뢰되,

"신이 죽어 지하에 간들 형벌 못 견디어 거짓 자백하온 귀신이 되어 무리에서 홀로 떠돌게 되면 어이 부끄럽지 아니하겠나이까? 신의 어미 나이 일흔이 넘삽고 생부生父 나이 예순하나이오니 오늘 다시 보지 못하고 죽으면 그 정세 망극하겠거니와, 벌써 나라에 몸을 맡겼으니 오늘날 죽기를 정하와 어찌 사사로운 정을 돌아보리이까? 죽이시겠거든 빨리 하소서. 다만 신은 죽어도 옳은 귀신이 될 것이오니 한이 없사오리다. 전하께서 어이 차마 이런 거조擧措를 하셔 국가 흥망이 이에 판가름되고 군권君權의 누덕累德[1]이 되는 줄 모르시나이까? 중궁이 본디 세자 아니 계시므로

---

1) 덕을 욕되게 함.

민망히 여기사 상감께 후궁을 가까이하시기를 권하시
온 바인즉, 오늘날 원자 나오신 후 어찌 싫다 하실 까
닭이 있사오리까? 이 절연絶緣 침윤지참浸潤之讒[1]을
들으시고 이런 무고한 죄를 씌우시니, 신이 살아서 간
하여 구하지 못할진대 차라리 죽어서 모르고자 하나
이다. 이제 신의 마음에 품고 있는 바를 다 아뢰었으
니 빨리 죽여주소서."

하고 두 눈을 감고 아무리 물어도 한 말도 하지 아니
하니, 상께서 손을 두드리시며 이르시기를,

"일정 판의금判義禁[2] 이손조는 내려가서 자백을 받
지 못할까?"

하시니, 이손조 온몸을 떨며 내려와 소리를 이루지 못
하며 말하되,

"죄인은 어서 자백하라."

하니, 응교 감았던 두 눈을 떠서 무섭게 부릅뜨고 흘
겨보며 소리를 고래고래 질러 말하기를,

"여보소, 나에게 무슨 자백을 하라고 어이 핍박하느
뇨? 난신적자亂臣賊子[3]가 국록만 허비하고 임군을 어
진 일로 돕지 못하고 아유첨녕阿諛諂佞[4]하느냐? 무고

---

1) 차차 젖어서 번지는 것과 같이 조금씩 오래 두고 하는 참소의 말. 침윤
지언浸潤之言. 2) 판의금부사判義禁府事. 조선조 의금부의 으뜸 벼슬로, 종1
품임. 3) 나라를 어지럽히는 신하와 불효·불충한 무리. 4) 간사하게 아첨하
고 비위를 맞춤.

한 국모를 폐출廢黜하되 당연한 일로 알고 오히려 나를 꾸짖으니, 짐승보다도 못한 인간이로다. 나는 죽어도 옳은 귀신의 무리에 끼이려니와 너희는 살았음에도 국적國賊이요 죽으면 더러운 귀신 되고 앙화殃禍[1]가 자손에게 미치리라."

하니, 민암[2]이 무료하여 올라가 여쭈되,

"아무리 지져도 자백할 의사가 없는 것으로 아옵나이다."

상께서 나장을 속이고자 하여 말씀하시기를,

"미욱한 놈이로다, 자백을 하면 놓아줄 것을."

하시니, 응교 이 말씀을 듣고 말하기를,

"전하, 신을 속여서 무엇 하시리이까?"

화형을 여러 차례 하니 다리가 다 벗어지고 힘줄이 오그라져 보기에 참혹한 터이라 상감께서 오래 보심을 아니꼽게 여기사 이에 대전大殿으로 들어가시며,

"다시 내병조內兵曹[3]로 내라."

하시고 무감武監더러 이르시되,

"일찍이 흉역凶逆 박태보의 지독함을 알았거니와 그토록 하니 완악하기 이를 데 없도다."

모든 나장이 한꺼번에 달려들어 해박하옥解縛下獄

---

1) 죄의 앙갚음으로 받는 재앙. 2) 이손조의 아호雅號인 듯. 3) 조선조 때 궁중에서 시위 · 의장儀仗에 관한 사무를 맡아보던, 병조에 딸린 관아.

하고자 하여 맨 것을 푸니 그제야 숨을 길게 쉬고 말하는데 목이 타 거의 죽게 되었더니, 자비문 서원書員[1]이 어디 가서 찬물을 한 사발 갖다가 입에 부어 넣어주니 비로소 눈을 뜨고 서원의 성명이 무엇이냐고 묻는 것이더라.

중인中人들에게 맡겨 내병조에 가서 다시 또 형벌을 주니, 수형受刑한 것이 형문 삼차에 볼기 맞은 것이 이십 번이요, 압슬 이차에 화형 이차로되 사람들은 공연히 허튼 수효를 댄 줄로 알고 믿으려 하지 않았다 하더라.

등소제인 이문, 이에 대죄하더니 응교의 중형 헤는 소리 들리매, 응교도 저러할 제 자기도 죽을 양으로 작정하고 가슴을 두드려 통곡해 마지않더란다.

추국推鞫을 그치고 병조兵曹에 나와 그 다리를 싸맬 것이 없어,

"박 죄인의 다리 쌀 것을 들여오라."

하니, 김종신, 조제수, 이인엽이 옷자락을 잘라 들여보내니 모자라는 터라 응교가 말하기를,

"내 도포 소매로 싸라."

하고 낱낱이 기거箕踞[2]를 하여 싸매고 부채를 내어

---

1) 조선조 때 서리書吏 없는 관아에 둔 벼슬아치. 2) 두 다리를 뻗고 기대 앉음.

주며,

"이것이 걸려 좋지 않으니 내 집으로 보내소."

이에 금부禁府에 가두려고 호송해 가는 길에 창과 조총鳥銃 가진 군사가 옹호하여 가거늘, 종질宗姪 되는 박칠순이 군사를 헤치고 달려들어 덮은 홑이불을 들치고 그 손을 잡고 말하되,

"아저씨, 참 장하옵니다. 전후 일이 어떻게 될지 모르오니 진정하소서."

하니,

"내 마음은 조금도 흔들림이 없도다."

하고 대답했다 하더라.

금부에 드니 그 부친이 교외에 있다가 갑자기 추국을 하시어 미처 보지 못하여 금부 밖 의막에 기다리고 있더니, 그 아들이 살았음을 듣고 정신과 기운이 어떤가 알고자 하여,

"쓸 것이 뭣이고 있거든 글자나 적어 보내라."

는 전갈이 왔으매, 응교 이에 대답하여 이르되,

"역률로 하였다 하오니, 밖으로 숙여 논하기 미안하여 못 하노라."

하더라.

다음날 다시 추국을 할 터이나 영상領相 권대운權大運[1]이 상감께 아뢰기를,

---

1) 1612 ~ 1699년. 숙종 15년 영의정이 됨.

"태보의 죄 만 번 죽어 마땅하오나, 또다시 치기는
너무 참혹하오니 감소하소서."
하니, 이에 상감께서는,
"절도絶島에 위리안치圍籬安置[1]하라."
하는 어명을 내리시더라.
　응교, 부친께 글월을 적어올려 하였으되,

　자子는 혹형을 겹쳐 입었으되 오히려 살았으매, 하늘
의 은덕이 큰 줄 아나이다. 지금 증세는 다리가 붓고, 음
식을 받아 통하니 이로써 위로히소서. 배소配所는 진도珍
島로 되나봅니다.

　문필文筆이 조금도 줄지 않았고, 한편 옥졸獄卒들이
모두 말하기를,
　"자고로 이런 형벌을 입고 옥문 밖으로 살아나온 이
없으리다. 지금 살아 계시니 나으리 충성을 하늘이 감
동하신 탓인가 하오."
하더라.
　사월 열이렛날, 적소謫所를 정하여 금부 문밖에 나
서니 그의 얼굴을 보고자 다투어 사람들이 에워싸서
길을 나가기가 힘이 들 지경이었고, 응교 무리 속에서

---

1) 죄인을 유배지에서 달아나지 못하도록 가시로 울타리를 만들고 그 안에
가두어둠.

친한 친구의 얼굴들을 알아보고 손을 들어 사례를 하는 것이더라.

경중상하京中上下[1]에 노소 할 것 없이 한결같이 충신의 얼굴을 살았을 때 보리라 하고 무수한 사람들이 모였으며 혹 통곡하여 아껴함을 마지않더라.

응교의 목숨이 끊어지지 않았으매, 화열火熱이 급하여 목숨이 경각頃刻에 있을 듯하여 명여동 겻재에 잠깐 내려서 쉴 새 그 부친을 위로하여 말하되,

"마음을 진정하옵소서. 이때 모친母親의 기운이 어떠하시나이까?"

모든 사람들이 이르기를,

"날이 이미 저물었고 병病이 저러하니 밤을 성중에서 지내고 내일 문밖으로 나가시오."

하고 소매를 붙잡고 만류하나,

"내 병이 비록 중하나 죄명이 더 중하고 오히려 목숨이 멀었는지라, 어이 감히 성중에서 잠시인들 머무르리요."

하고 말하더라.

날이 어둡기에 미처 남문으로 나오려 하는 길에 어른 시정 사람들이 갓을 벗고 짚둥우리째 메고 가기를 다투어 말하되,

---

1) 서울 안의 높고 낮은 사람들.

"이 양반 타신 틀을 멘다는 것은 영광스러운 일이다."

하고, 연하여 현顯토록 여럿이 메니 이제 인심도 오히려 귀함이 있음을 알겠더라.

남대문 밖에 부자 한데 모여서 정신을 차리니 그 모친이 나이 일흔이 넘고 어려서부터 기른 정이 기울어지나니 급히 나와서 아들을 보니, 온몸이 참혹하게 되었으니 아무리 보아도 살아날 것 같지 아니하여 그 젊은 나이가 서러워 실성하여 눈물을 거두지 못하니, 응교 불효를 슬피 여겨 위로하여 말하기를,

"오늘날 이렇듯 살아서 어머님을 뵈옵게 된 것도 성은聖恩이라, 죽어도 한이 없겠나이다. 어머님께서는 깊이 서러워 마시고 불효의 죄가 더 크게 하지 마십시오."

하며, 정신은 또렷또렷해 보이나 화열이 날로 올라 약간 진 미음조차도 목에 넘기지 못하여 증세가 더욱 악화되었으나, 먼 길을 떠나게 되었으니 어떤 명의라도 고칠 길이 없으니 보는 이마다 아니 서러워하는 이 없더라.

응교 말하되,

"내 아마도 살지 못할 줄 아오. 지금은 죽지 않았으매 혹시 살아날까 하여 길떠날 차비를 차리라고 하였으니, 가는 도중에 심심하여 보겠으니 책을 차려 주시오."

하니, 그 부친이 이르기를,

"책을 차린다는 것은 부질없는 일이니 하지 마라."

하므로, 보고 듣는 이 모두 참혹하게 여기더라.

병세가 날로 더하여 즉일에 길을 떠나지 못하여 문 밖에서 병을 보아 가려고 하였더니 수일이 지나도 병이 더욱 중하고 왕명이 날로 급하신지라, 머물러 있기가 미안하여 오월 초하룻날 강 건너 동막東幕에 가서 병세 더욱 심하여 시시로 화열이 급히 막히매 가지 못하여 머무르고 조서調書를 차리게 하여 병세를 보아서 가려 함을 아뢰니 비답批答이 더디다 하시더라.

응교 스스로 가지 못할 줄 알고 온몸이 참혹하게 붓고 아픔이 심하되, 양친이 계신 고로 침으로 화독火毒을 씻어내라 하여 좀 있다가 벗과 이야기를 주고받는 것이더라.

그 종질이 나간 뒤 나라일이 어찌 되었는고 묻기에 중궁이 기어이 쫓겨나셨다고 하니 차탄嗟歎하여 말하되 가엾으시다고 하는 것이더라.

그 벗들이 어떻게 구해 줄 수 없을까 애들을 쓰며 불쌍히 여겨 병신이 될지라도 살기를 바라더라.

그렇듯 신고辛苦를 하되 단 한 번도 애매하게 형벌을 입었다고 나라를 원망하지 않고, 신자臣子로서 당연히 할 일을 한 것으로 알아 그 충성이 진실로 보기 드물어 가히 믿기가 어려울 지경이었더라. 곁의 사람

이 거짓 웃고 말하되,

"타 죽으려다가 살면 적이 기특할까? 하지下肢는 특히 단단하니 살리라."

하니, 이에 응교 대답하기를,

"성상聖上은 살리려고 놓아주셨으나 내 기운이 내 붙지 못할까 싶고, 음식을 하도 못 먹으니 산다는 건 황당한 일인 듯싶으이."

하고 희롱의 말로 대답하되 살이 날로 썩고 화열이 점점 중하여 정신이 때로 해이하여 일신이 축 꺼지니 별 도리가 있을 듯싶지 않더라.

점점 병이 중하여 정신이 가장 없으되 그 벗 최석정 崔錫鼎[1] 나아가 보고 악수하고 곁에 머무르니, 응교 말하기를,

"어르신네 병환이 어떠신고?"

하여, 어전에서 관찰사觀察使, 어사御史 들이 상감께 계문啓聞을 올리어, 태보의 화상을 평안도 화사畵師 조세걸曹世杰에게 맡겨주옵소서 하니, 상감께서 마지 못하여 그리하라고 하였더니 평안부사 유주인이 응교 죽던 날 아침에 가보니 응교가 이르기를,

"평산이 조세걸 있는 데서 가깝고 왕래하기 쉬우니 나의 화상을 쉬이 낫게 해주고자 하는 뜻을 영숙은 부

---

1) 1646 ~ 1715. 조선 숙종 때의 대신으로, 영의정을 여섯 번 지낸 명신名臣.

디 칙렴하여 수이 통하고……."

운운하니, 그 정신이 그때까지도 멀쩡하더라.

오월 초닷샛날 병이 더 극하매 죽을 줄 정하고 밤에 곁에 있는 사람더러 이르기를,

"내 아무래도 살지 못할 줄 이미 알고 있었으나, 양 노친을 위하여 현약을 받고 화열을 막아 발을 놀리더니, 이제 점점 병이 중하고 이내 부어 비록 배고픈 줄 아나 진미를 알지 못하고 식사를 하지 못한 지 여러 때니 이제 죽을 줄 알며, 그러니 공연히 괴로이 할 것이 아니라 이것들을 다 치우소."

하며 이제까지 다리를 매었던 것을 떼어놓고 새 자리를 가져오게 하여 펴고 누워, 그날 밤에 아버지를 청하여 사뢰되,

"국청에 갔던 전후 사연 이야기는 제가 아니 여쭈면 자세히 알지 못하실 것이오니, 처음부터 끝까지 아뢰오리다."

하고, 자초지종自初至終을 몇 마디 이야기하거늘 박공이 말하기를,

"네 기운이 참혹하였고나. 네 아니하여도 들은 이 많으니 자연히 알게 될 것이니 다른 할말이 있거든 하라."

응교 대답하되,

"부친의 비명碑銘 짓던 글이 좋사오나, 두어 자 빠

진 것은 전에 여쭙던 대로 하여 쓰십시오."

하니, 그 양부의 비명을 박 부제학副提學이 지었더니, 그 말을 가리킴이더라.

또 이어 사뢰되,

"형님 행장을 죄다 지었으되, 혹 빠진 것이 있어도 감사 형님[1]과 의논하여 극진히 하여 쓰시고, 자구의 후사後嗣는 다음 형제 중 자라는 대로 정하소서."

하니, 다음 형제란 박태유의 아들들을 말함이더라. 또 말하기를,

"자의 산소는 금노 땅에 자의 정한 혈처穴處가 있사오니, 그 혈穴을 혹 금할 리 있사오나 언약하였으니 부디 얻어 쓰시고 그를 두고는 부디 금노 땅에 쓰셔 부친의 산소 외로운 고혼孤魂이 되지 않게 하여주소서."

하니, 금노 양부 산소를 이름이더라.

이에 양모를 나오소서 하니 대부인이 부인을 데리고 내닫는지라, 응교 사뢰되,

"이제 모친 보시는 앞에서 죽사오니 불효막대不孝莫大하오나 이것도 명이니 모친은 너무 서러워 마시고 마음을 진정하소서. 자구의 후사는 다음의 형제 중에서 나올 것이옵니다."

하니, 대부인 흐느껴 울며 차마 그 정상을 보지 못하

---

1) 박태상을 일컬음.

여 하더라. 이에 대부인이 안으로 들어가고 모든 친구
들이 응교더러 이르되,
  "우리한테는 할말이 없는가?"
  "무슨 낱낱이 할말이 있을꼬?"
하고 잠깐 눈을 감았다가 이르되,
  "형부 왔는가?"
  두세 번 물으니 이는 그 대인의 큰사위를 말함이라.
  그 매부인 제민이 이르되,
  "자넨 평생 행실이 하나도 부끄러움이 없네그려."
하니 응교 가로되,
  "사람이 일생을 통해 부끄러운 일이 조금도 없기 쉬
울까? 다만 대단한 부끄러움 없는가 모를세."
하니, 대답하여 이르되,
  "육신 부모 곁에 있음에 대하여 서로 부끄럽지 않으
리라."
  응교 말하되,
  "젊은 사람이 어이 그런 말을 하는고?"
  그의 종질 서통 진시학이 이르되,
  "통진通津서 올라올 때, 길에서 추국하는 것을 들었
던 사람을 만나 들으니 원죄寃罪도 너무 골똘히 하고,
여럿이 상소했으니 혼자서 담당할 일이 아니로되 혼
자 당한 것이 분하다 하매, 그 말이 옳던가? 이대도록
한 참형을 입어 죽기에 이르렀는고?"

응교 두 눈을 감았다가 고개를 들어 이르되,

"누가 그런 말을 하던가? 무슨 지언至言도 하던가? 그러면 최석정, 이돈에게로 미루라고 하던가? 최석정, 이돈이는 이 상소를 지어왔으되 말의 뜻이 모호하거늘 내 고쳐 써서 하였거든 어이 남에게 미루며, 그리 알았던들 그때를 당하여 남에게 죄를 지워 무엇 하리요?"

무상한 말로 하듯 시인하여 국청에서 하던 말을 이르나 화독이 오르매 침이 말라 말이 끊어지려고 하니, 서통이,

"천천히 아니 들을까."

하니, 그만 하여 그치더라.

이튿날, 대부인이 고쳐 나와 보니 응교 두 눈을 감았다가 떠보기를 세 번을 하되 오래 눈을 감았다가 여쭙되,

"모친께 다시 아뢸 말씀이 각별히 없거니와, 아마도 길이 편안하소서."

하며 두려워하고 근심하는 빛이 많이 떠도는 것이더라.

그 부인이 대부인 곁에 와서 우니 응교 두 눈을 감았다가 고쳐 떠보고 이르되,

"죽은 뒤에 어머님은 오직 그대만을 의지할 것이요, 하물며 내 후사는 그대 죽으면 더 어려울 것이니 지나치게 근심하여 마음과 몸이 너무 수척치 않도록 하시

오. 내 이제 죽겠으니 그대는 들어가라."

하나, 부인이 울고 머뭇거리니 고개를 들어 꾸짖어 가로되,

　"남자 죽음에 부인이 곁에 앉지 않는 법이니 들어가라."

하고 조카더러,

　"모셔 들어가라."

하더라.

　그 부친이 이르되 또 무슨 할말이 있느냐 물으매,

　"다른 말씀은 구태여 할 말씀이 없사오나, 무준이 나이 자랐으되 글이 미거하니 부디 힘써 가르치소서."

하니, 그 부친이 이르기를,

　"어이 너를 살리기를 바라리요마는, 오히려 지금 살았으니 천행으로 살려나 보다 했더니 이제는 살지 못하겠으니 이도 천세天歲라, 취사就死나 조용히 하라."

　응교 대답하되,

　"취사는 조용히 하리이다."

하니, 그 부인이 차마 보지 못하여 나가서 오열비읍嗚咽悲泣하니 응교 탄식하고 매부더러 말하기를,

　"내 친히 부친께 사뢰려 하였더니 참혹히 여기심을 망극히 여겨 못하였더니 다시 가 여쭙고 우리 형제 다 안전에서 참경을 보시게 하니 차마 어이하리요. 과도히 상심치 마시라고 여쭙고 치상治喪은 내 평생平

生에 물든 것을 입지 않았던 바요 또 죄인으로서 죽으니 부디 제상祭床을 죄인과 같이 검박儉朴히 하소서 여쭙소."
하더라.

점점 담이 끊어오름에 응교 말하기를,
"왜 이다지도 괴로운고."
하고 울며 말하더니, 오월 단오일 사이에 병석에 누워 숨을 거두니 진정 슬픈 일이 아닐 수 없도다.

자고 이래로 충신열사忠臣烈士 원통히 죽은 이 많지만 태보의 정충지절貞忠之節은 고금에 뛰어났으니, 그 아름다운 이름이 금석金石에 새겨 유전流傳하리니 어찌 죽었다 하리요마는, 칠십이 넘은 생가生家와 양가養家에 부모가 계시니 극히 참혹하고, 태보의 죽음을 듣고 장안에 사는 어느 사서인士庶人[1]이 아니 우는 이가 없고 간신諫臣 노릇 하기도 참으로 어려운 일이라고 차탄嗟歎 않는 이 없더라.

이때 후后께선 부원군府院君 상사喪事 뒤에 지나치게 애통해하신 나머지 옥체玉體 종종 편찮으시더니, 좌우에 모시고 있는 상궁이 이 말씀을 듣고 대성통읍大聲痛泣하여 빨리 들어와 후께 아뢰오니, 후께서 안색을 하나도 변치 않으신 채 크게 탄식하여 이르시기를,

---

1) 사대부士大夫와 서인庶人.

"또한 천수로다. 뉘를 원망하리요. 그대들은 모두 수구여병守口如甁[1]하라."

하시고, 조금도 마음에 흔들림이 없으시더라.

명안공주 이 변을 들으시고 여러 고모, 대장 공주와 함께 크게 놀라 급히 입궐하여 상께 조현朝見하고 후의 숙덕선행淑德善行과 참언讒言이 간사한 것이라 밝히고 대왕대비께서 사랑하시던 바를 주주奏하여 눈물이 좌석에 떨어지고 간언諫言이 지극하고 통언痛言[2]이 격렬하나 상께서 통 불윤不允하시어 공주들이 상의 뜻을 보니 능히 하릴없어 탄식하고 물러나오는 수밖에 없더라.

후께 뵈옵고 오열비탄嗚咽悲嘆하여 옷을 잡고 흐느껴 우시어 능히 말씀을 이루지 못하니 후께서 탄식하고 위로하여 말씀하시되,

"화禍와 복福이 하늘의 뜻에 달려 있으니 나의 복이 없고 천한 탓인즉 다만 어명대로 받들어 모실 따름이라, 누구를 원망하리요마는, 공주 이렇듯 권련眷戀[3]하시니 은혜 잊을 길이 없소이다."

공주 그 덕망을 새삼 탄복하고, 부운浮雲이 잠시 성총聖聰을 가렸으나 성상聖上이 현명하오시니 오래지

---

1) 비밀을 잘 지켜서 남에게 알리지 아니함. 2) 따끔한 직언直言. 3) 간절히 생각하여 그리워함. 불쌍히 여김.

않아 깨닫고 뉘우치실 바를 일컫고, 차마 놓지 못하여 후를 붙들고 눈물이 비 오듯 하니 무수한 궁녀가 다 울고 차마 떠나지 못하더니, 상감의 마음 불안해하실 줄 알고 인하여 궁을 나서시니, 이튿날 감찰상궁이 상명上命을 받자와 침전에 이르러 중궁께 하는 전교를 아뢰니, 후 천연天然히 일어나서 예복을 벗고 관잠冠簪[1]을 끄르시고 중계中階에 내려오셔 전교를 듣잡고 즉시 대내를 떠나 본곁[2]으로 나오실 새 궁중이 통곡하여 곡성이 낭자하니라.

상께서 그 곡성을 들으시고 크게 누하시어 궁녀들을 궁중에 그 허물을 기록해 두게 하고, 급히 하교하시어,

"빨리 나가시라."

하니, 입아조入我朝[3]하여 일찍이 이런 예절이 없던 고로 등대等待한 일이 없는 터라 급히 기별하여 본곁으로부터 탈것을 들이라 하였더니, 이때 궁녀들이 모두 권세를 따르고 상의 은총을 구하는 터이라 후의 행세 외로움을 보고 업신여기어 언어가 방자하고 행동이 교만하여 조금도 동정하는 빛이 없고 그것 보라는 듯이 좋아라 날뛰니, 후 짐짓 모른체하시고 좌우에 뫼시던 궁녀들은 속으로는 상의 처사를 마땅치 않게 여기

---

1) 관과 비녀. 2) 비妃 또는 빈嬪의 친정. 3) 이씨 조선에 들어옴.

나 죄를 받을까 두려워하는 나머지 감히 말을 못하고 구석구석 머리를 모아 소리를 죽여 울며 몹시 서러워할 따름이니라.

한 궁녀가 장씨[1]의 가르침을 들은 고로 달려와 옷을 뒤지려 하거늘, 후께서 문득 천연히 웃으시고 옷을 끌러 보이시며 두 눈으로 궁녀를 흘겨보시니 맑은 광채 햇빛과 같으시니 사람의 오장을 꿰뚫는 듯, 말씀은 아니하시나 엄정한 기상이 추상秋霜 같으시니 궁녀 스스로 부끄러운 마음이 들고 송연悚然하여 고개를 숙이고 물러나니 좌우 더욱 어렵게 여기더라.

상의 노하심이 급급하사 나가심을 재촉하시니 본곁에 사람이 빨리 가 가마를 들이라 하니 빠르기 성화 같은지라. 이때 본곁 식구들은 모두 새문 밖 애오개[2]로 나가고 부인네들만 몇 명 남아 있더니, 미처 가마를 꾸미지 못하여 벌써 요금문耀金門[3]까지 나오셨다는 말이 들리니 황황급급遑遑急急하여 여느 가마 위에 흰 명주보를 덮어 들어가니, 후 벌써 경복당景福堂[4] 앞에 내려 걸어오시는지라, 흔연히 가마 위에 올라 요금문으로 나실 때 궁녀 칠팔 인이 통곡하며 걸어서 뒤를 쫓으니 보좌하던 사람들이 일시에 따라오며 소리하여

---

1) 장희빈을 일컬음. 2) 지금의 아현동. 3) 창덕궁 북문의 하나. 4) 창덕궁 경복전景福殿을 일컬음.

통곡하니 행색이 처량하고 수운愁雲이 둘렸으니 천지 또한 흐려 슬픔을 돕는지라, 이 참담한 모습을 어찌다 형용할 수 있을까 보냐.

선비 오십여 명이 요금문 앞에 대령하였고 백여 명은 구화문1) 앞에 엎디어 상소를 드리고 호읍號泣하더니, 후의 출궁出宮하심을 보고 대경망극大驚罔極하여 미처 신을 신지 못한 채 버선발로 따라와 모여 일시에 방성대곡하니, 선비 이백여 명은 안동安洞2) 본곁 문밖까지 따라와 우니 천지가 진동하고, 백성들은 남녀노소 힐 것 없이 길을 막고 통곡하여 각전시정各廛市井이 다 저자를 파하고 서러워하니 초목금수草木禽獸 다 서러워 수심 띤 구름이 하늘에 가득하고, 일색日色이 빛을 잃더라.

이때 상께선 궁중에서 이 말을 들으셨으나 성총이 막혀서 도리어 인심人心을 통탄하시고, 선비 상소한 자 수삼 인을 잡아 엄형추문嚴刑推問하시고 정배定配하시니라.

후 본곁으로 나오시니 부부인府夫人3)이 마주 나오시어 붙들고 통곡하시니, 후도 부원군 옛 자취를 느끼사 애원통곡하시고 이윽고 부부인께 고하여 이르시되,

"죄인의 몸으로 친족을 보니 안연晏然치 못할 것이

니 나가소서."

하고 권하시니, 부인과 다른 부인네들도 통곡하여 마지못해 애오개로 나가신 후, 당일 명하사 안팎 문들을 모두 봉쇄하고 본곁 비복들은 한 사람도 두지 않으시고 다만 궁녀만 두시고, 정당正堂을 폐하시고 아래채에 거처하시니 궁녀들은 본곁에서 들어간 궁인이요 삼인은 궐내의 궁인으로서 죽기를 무릅쓰고 나온지라, 후 가라사대,

"네 본대 궁중 시녀侍女라, 어찌 외람히 거느리리요. 들어가라."

하시나, 삼인이 머리를 두드려 울며 대답하여 아뢰기를,

"신첩 등이 낭랑娘娘[1] 성은을 갚삽지 못하오리니 어찌 일시인들 슬하를 떠날 리 있겠사오리까? 낭랑을 따라 죽으리로소이다."

후 그 정성에 감동하시어 그냥 내버려두시니 집은 크고 사람은 적어 각 방이 다 비어 봉쇄하고 휘휘 고적孤寂하여 인적이 끊겼으니, 금궐옥전禁闕玉殿의 번화 부귀만을 보아오다가 슬프고 한심함을 이기지 못하나 괴로운 줄 생각지 않고, 후를 지성으로 모시고 슬퍼 매양 서로 대하여 탄읍嘆泣하며 흐느껴 울다가

---

1) 인현왕후를 일컬음.

도 후의 천연정숙天然貞淑하신 양을 뵈오면 감히 슬픈
사색을 내지 못하곤 하더라.

이때 후의 삼촌 되시는 좌의정 민공[1]이 찬적竄謫[2]하
시고, 다섯 종형제 모두 멀리 정배당하여 애오개 집에
부인네만 있으니 조석 수라朝夕水刺를 안동으로 나르
는 터라, 칠팔 일이 지난 뒤 후께서 좌우더러 이르시
기를,

"식반食飯을 먼데서 이우기[3] 어려우니 차후로는 건
물乾物로 받아들이라."
하시어, 궁중에서 하여 들이나 하루에 한 끼도 잡숫지
못하시니 좌우 더욱 애닯게 울고 조카님네 지친至親
들이 문밖에서 찾아오되 보지 않으시고 또한 오지 말
라 하오시니 감히 찾아가 뵙지도 못하더라.

이럭저럭하는 동안에 추칠월秋七月[4]을 당하여 본곁
에서 송이를 들여오거늘 후께서 보시고 척연惕然히
안색을 변하시고 옥루玉淚를 흘리시니, 궁녀 꿇어 묻
자오되,

"낭랑이 웬만한 어려운 일을 당하셔도 태연하시더
니 오늘날 새로이 서러워하심은 어인 일이니이까?"

후 눈물을 흘리며 말씀하시기를,

---

1) 민정중閔鼎重. 2) 파면하고 귀양 보냄. 3) 머리 위에 이게 하기. 4) 음력
칠월의 가을철을 일컬음.

"내 이리 죄를 얻었으나 백옥무하白玉無瑕[1]하니 시운時運만 한탄할 뿐 무엇을 서러워하리요마는, 내 대내에 있을 때 본곁에 기별하여 송이를 무역하여 들이면 양 대비전에서 즐겨 진어進御[2]하시던 고로 위하여 수라에 쓰더니, 오늘날 송이를 보니 마음이 저절로 감창感愴하도다."

말씀하심에 따라 눈물을 흘리시니 좌우가 모두 흐느껴 울고 우러러뵙지를 못하니라.

창호窓戶와 사벽四壁을 바르지 않으시고 넓은 동산과 집의 풀을 매게 아니하니 사람 한 길만큼 자라 인적이 끊겼으니, 날 곧 저물면 귀신과 망령이 예사 사람과 같이 다니니 궁인이 움직이지 못하고 두려워하더니, 하루는 난데없는 큰 개 한 마리가 들어오니 모양이 추한지라, 궁인들이 쫓으되 또 들어오고 다시 쫓으되 또 들어오니 후께서 이르시기를,

"그 개 출처 없이 들어와 쫓아도 가지 않으니 고이한지라, 내버려두어 그 하는 양을 보라."
하시매, 궁인들이 밥 먹이며 두었더니 십여 일 뒤 새끼 셋을 낳으니 가장 크고 모진지라, 이후는 날이 저물어 망령의 불과 도깨비의 자취 있으면 네 마리의 개가 함께 짖으니 잡귀 급히 물러나가 종적을 감추니 그

로 인하여 집안이 편안한지라. 무지한 짐승도 도움이 있거든 하물며 신민을 잊으랴만, 후 폐출하신 뒤로 조정에선 기뻐하는 소인이 많으니 도리어 금수만 못하리로다.

후 집 안에 가만히 앉아 계셔 하시는 바 없으시나 매양 급한 풍우에 뇌성雷聲을 두려워하시어 뜰에 계시다가도 빨리 방 속으로 들어가시곤 하시더라.

날마다 적적함을 이기지 못하시어 오라버님 민정자閔正字[1] 딸이 여덟 살이라 데려다가 두시고, 《소학小學》과 《열녀전烈女傳》을 가르치시고 여공빙적女功紡績을 가르쳐 소일하시고, 신세 구차하고 황락荒落하시되 일찍이 사람을 탓하고 귀신을 원망하는 바 없이 천연자약天然自若하시니 좌우가 더욱 마음속으로 탄복해 마지않았더라.

부원군의 삼년상三年喪을 마치매 후께서 더욱 애처롭게 서러워하시어 옥체가 자주 편찮으시었다. 본곁에서 채복彩服을 들여오되 받지 아니하시고 이르시기를,

"죄인이 어찌 채복을 입으리요. 무명으로 의복금침衣服衾枕을 만들도록 하라."

하시어, 무명 치마와 순색 저고리를 들여오니 입으시

---

1) 민진후閔鎭厚. 민유중의 장남으로, 승지·대사간 등을 역임하고 개성부 유수開城府留守로 죽음.

고 보물과 진찬珍饌을 가까이 아니하시더라.

이보다 앞서 상께서 민후를 폐출하시고 희빈 장씨를 왕비로 책봉하여 곤위에 오르게 되어 궁중이 조하朝賀를 받게 하니, 궁내에 있는 모든 사람들이 궁중이 이렇듯이 됨을 서러워하고 장씨의 참혹한 처사를 분하게 생각하되 조정 안에 어진 사람이 없으니 누가 감히 말을 하리요. 그윽이 원분怨憤을 품고 눈물을 머금고 조하를 마치니, 희빈의 아비로 옥산부원군玉山府院君을 봉하고 빈의 오라비 장희재張希載로 훈련대장訓鍊大將을 시키시니 나라 백성들이 모두 한심하게 여기고 기강紀綱이 흩어져 팔도八道의 인심이 산란하여 별별 소문이 다 도니, 대개 예로부터 성제명왕聖帝明王이라도 한 번은 참소하는 말을 귀담아듣기가 쉬운 법이거니와, 숙종대왕과 같은 문무를 겸하신 어진 임금으로도 장씨에게 이대도록 하사 국가의 체면을 손상하심은 실로 뜻밖의 일이 아닐 수 없더라.

이듬해 경오년庚午年[1]에 장씨의 생자로서 왕세자를 책봉하시니 장씨 양양자득하여 방약무인하니, 이러므로 발악을 일삼아 비빈을 절제하고 궁녀를 엄형하며 포악한 말과 교만한 행실은 말로 다 할 수 없더라.

궁중에 기강이 없어지고 원망이 하늘을 찌르는 터

---

1) 숙종 16년(1690).

라, 장희재 욕심이 많고 고약하여 팔도에서 재물을 긁어들이나 말할 이가 아무도 없더라.

이렇듯 삼사 년이 지나니 천운이 순환하여 흥진비래興盡悲來에 고진감래苦盡甘來라, 부운이 점점 걷히매 태양이 다시 밝아오니, 성총이 깨달음이 계시어 민후의 억울하심을 알고 장빈의 요음간악妖淫奸惡함을 깨치시어 의심이 가득하시니 대하시는 기색이 전과 다르시고, 서인西人들이 후의 삼촌 숙질을 다 처벌하시라고 날마다 아뢰기를 수년에 이르렀으되 상감께서 마침내 불윤不允하시니, 이럼으로써 민씨 일문이 보존되었더라.

장씨 적이 상의上意를 스치고[1] 크게 두려워 오라비 희재로 더불어 꾀하여 갑술년甲戌年[2]에 묵은 옥사獄事[3]를 다시 일으켜 어진 이를 다 죽이고 폐비廢妃에게 사약賜藥하려고 하니 변이 크게 나매 상께서 짐짓 그 하는 양을 보시고 궁중 기색을 살피사 망연히 간인奸人의 흉모를 깨달으시어 즉일에 당각堂閣의 국유國有를 뒤치시니, 영신佞臣[4]들을 다 물리치시고 옛 신하들을 불러 쓰실 새 갑술년 삼월에 대전별감大殿別監[5]이

---

1) '상상하고, 생각하고'의 옛말. 2) 숙종 20년(1694). 3) 숙종 6년 경술년에, 당시의 영상인 허적許積의 서자 허견許堅이 복선군福善君을 끼고 역모한다고 서인 김석주金錫胄, 김만기金萬基 등이 고발하여 남인 일파를 몰아낸 사건. 경신출척庚申黜陟. 4) 간사하고 아첨하는 신하. 5) 임금을 직접 모시는 직책으로, 궁중의 액정서掖庭署에 소속됨.

세 번이나 안동 본곁 궁을 둘러보고 들어가더니, 사월 초아흐렛날에 비망기를 내리시어 폐하신 중궁의 무죄하심을 밝히시고 별궁으로 모시라 하시고, 어찰御札을 내리사 상궁별감[1]과 중사中使[2]를 보내시니 후께서 사양하여 이르시기를,

"죄인이 어찌 외인外人을 인접하여 감히 어찰을 받으리요."

하시고 문을 열지 않으시매, 연 삼 일을 별감이 문밖에서 밤을 새우고 문 열어주시기를 청하되 마침내 요동치 않으시니, 이대로 복명復命하니 상께서 어렵게 여기시고 또한 답답하시어 예조당상禮曹堂上[3]으로 문 열기를 청하게 하나 종시 허락지 않으시니 예조와 승지承旨, 국체國體 그렇지 않음을 아뢰되 듣지 아니하시는 고로 상께서 민부閔府에 엄지嚴旨를 내리시어,

"이는 임군을 원망하는 일이라, 빨리 문을 열게 하라."

하시니, 민부에서 황공하여 서간書簡을 올려 수없이 간하되 종시 열지 않으시는 고로, 또 수일 후에 이품 벼슬하는 신하를 보내시어 "문을 여소서" 하니 중신重臣이 말씀을 아뢰되 사체 그리 못하실 줄로 누누이

---

1) 상궁들의 심부름을 하던 벼슬. 2) 궁중에서 왕명을 전하는 내시. 3) 예조의 정3품 벼슬.

밝히고 개문開門을 청하니, 후 궁녀를 시켜 전하여 이르시기를,

"죄인이 천은天恩을 입어 일명一命이 살았은즉 이 집이 죄인의 뼈를 감출 곳이라, 어찌 국명國命을 받자오며 번화히 사람을 인접引接하리요. 사명使命이 여러 번 내리시니 더욱 불안하여이다."

사관史官이 절하여 명을 받잡고 재삼 간청하여 민부에 두 번 엄지를 내리시니 큰오라버님 되시는 판서判書 민공이 황송하여 후께 간절히 권하니 겨우,

"비깥문만 열라."

하시고, 사월 스무하룻날에야 비로소 대문을 여니 초목이 무성하여 사람의 키와 같은지라. 상명上命으로 발군發軍 풀을 베며 들어가니 풀이끼 섬돌 위에 가득하고 먼지와 창호를 분별치 못하니 사관이 탄식하여 눈물을 흘리더라.

외당外堂을 깨끗이 치우고 사관과 군사들이 들어앉으니 황락하던 집이 일시에 번화해지니, 궁인들이 문틈으로 보고 한편 기쁘고 한편 슬퍼서 눈물을 흘리며 즐겨하나 후는 조금도 기쁜 사색이 없으시고 오히려 불안히 여기시더라.

바깥문이 열리매 민씨 일가에서 가마가 수없이 들어가고 바깥문이 열렸음을 복명하니 상궁 넷을 보내시어 어찰을 내리매, 상궁이 왔음을 아뢰되 중문을 열

지 않으시니 반나절을 밖에 있는지라, 그 사이 별감이
길에 이어 연하여 어찰 보심을 청하는지라, 민부에서
민연憫然하여 국체 불경不敬하심을 누누이 권하시니
후가 마지못하여 문을 열라 하시니 상궁이 섬돌 아래
에서 머리를 조아려 청죄하고 눈물을 흘리며 우러러
뵈오매 용모복색容貌服色이 초췌무색憔悴無色한지라,
슬픔을 이기지 못하여 소리 남을 깨닫지 못하고 애통
하게 우나 후께서는 두 눈을 내려뜨시고 못 보시는 체
하시고 어찰을 드리니 북향사배北向四拜하고 양구良
久[1]에 펴보시니 길이가 칠 촌이요 폭이 삼 척이라, 만
지滿紙에 가득한 사연이 다 전과前過를 뉘우치시고 시
운을 슬퍼하시며 대내로 들어오실 것을 청하신 내용
이더라.

　후께서 간필[2] 넣는 궤에 넣으시고 묵연히 단좌하오
셔 말씀을 아니하시니 상궁이 땅에 엎드려 아뢰되,

　"성상께옵서 신첩에게 편지를 하사하시고 부디 답
서를 받아오라 하신지라, 회답을 청하나이다."

　후께서 한참 만에 말씀하시기를,

　"너희는 다만 들어가 죄첩罪妾이 답서를 올림이 옳
지 못하여 못 하는 줄로 아뢰어라."

　상궁이 감히 정正히 청하지 못하고 하직하고 입궐

---

1) 얼마 있다가, 한참 지나서. 2) 편지.

하여 뵈온 대로 아뢰니 상께서 추연楸然히 감동하시
어 더욱 뉘우치시고 다음날 아침에 또 어찰을 내리시
며 의복금침과 반상飯床을 내리시니, 모든 상궁이 복
명하고 옛말을 일컬으며 흐느껴 우나 후께서는 반겨
하심도 없고 박절하심도 없어 흡사 잔잔한 수면과 같
으시더라.

　상궁이 상의上意를 모두 아뢰되,

　"어제 대전께오서 신첩 등을 인견하사 물으시되 '중
궁전에 의복금침과 반상이 있느냐?' 하시니 대답하여
아뢰기를, '하나도 없나이다' 하온즉 대전께서 노하셔
이르시기를, '내 일시 분결에 과오를 범하였거늘 일궁
이 그 후 끝이 없게 하니 가히 해완解緩[1]하다' 하시며
즉시로 준비하라 하시니 내수사內需司에서 아뢰되,
'의복금침은 오늘 안으로 하겠거니와 반상 만들기는
금일 안으로 못할 것으로 아옵니다' 하니 대전께서,
'능행陵幸[2] 적 쓰려고 새로이 만든 은반상을 올리라'
하사 친히 감별하시고 보내시며 '금침 만들기 더딘
가?' 하시어 대전 금침 새로 한 것을 감하시고 베개
수는 봉황수로 바꾸어 왔사오며, 하룻밤에 의복을 짓
삽는데 치맛빛이 무색하다 하시고 진노하셔 내수사를
가두시고 다른 남초藍綃[3]를 바꾸어 신臣이 보는 앞에

---

1) 게으름, 태만. 2) 임금이 능에 거둥함. 3) 남색 비단.

서 급급히 지어 친감親鑑하시고 보내셨나이다."
하고 은영恩榮이 호탕하심을 이와 같이 종횡으로 말
씀드리나 후께선 못 듣는 듯하시고 인하여 잠깐 몸을
굽혀 이르시기를,

　"천은이 망극하시니 어찌 감히 거역하리요마는 천궁
귀물天宮貴物을 여염에 두는 게 옳지 못하고, 더욱이
대전의 반상금침을 잠시인들 어찌 사가私家에 두리
요. 외람하여 감히 받지 못할 것이니 도로 가져가라."
하시매, 상궁이 재삼 간청懇請을 하나 듣지 않으시고
돌려보내시며,

　"범사凡事 외람하니 분수를 편하게 하소서."
하시더라.

　상궁이 할 수 없이 그대로 복명을 하매 상께서 그
예절에 집착하심을 아름답게 여기시나, 오래 고집하
심을 답답하게 여기시어 다시 어찰을 내리사 후의 마
음을 위로하고 국체 그렇지 못한 줄을 밝히시며,

　"이 일은 위를 원망하고 조롱하여 과인寡人의 허물
을 드러냄이라."
하시고 도로 다 보내시며 상궁에게 죄 있으리라 하시
니, 후께서 어찰을 받자와 그 억울하심을 아시고 불
안히 여기시어 봉한 채 두라 하시고 답시를 아니하시
니 형제숙질兄弟叔姪이 간절히 권하고 궁인들이 번
갈아 청하니 인하여 종이를 내와 쓰시니 대여섯 줄

이더라.

　봉하여 상궁을 주니 상궁이 복명한즉 상께서 반겨 급히 떼어보시니 말씀이 온공溫恭하여 무수히 청죄하심이라 상께서 추연 감탄하시고, 이튿날 스무사흗날은 중궁전 탄일인 줄 아시고 어찰과 수라를 내리시고,

　"각 궁 공상貢上을 예와 같이 하라."

하시니 영광이 이렇듯 하였는지라, 인민이 기쁘고 즐거워 뛰놀며 즐기고 민씨 일문이 감읍하되 후께서 크게 불안하사,

　"죄인이 어찌 공상을 사가에서 받으리요."

하시고 물리쳐 받지 않으시니 상께서 재삼 권유하시고 조정이 다 청하나 마침내 받지 않으시니 일국이 다 정행 처신正行處身하심과 예의 엄숙하심을 거룩히 여겨 흠모하며 칭송함을 마지아니하더라.

　이때 부부인이 들어가시매 후께서 모시고 성효자약誠孝自若하사 슬퍼하시며 일가 부인네 가마가 날마다 들어오니, 이때 내관이 입번入番하고 액정 소속과 궁인이 호위하여 예절이 엄한지라 문금門禁을 엄히 하니 후께서 명하사,

　"들어올 이를 금하지 마라."

하시고, 비로소 친척을 만나 반기시되 한결같이 친하고 소원함을 가리지 않으시더라.

　상께서 입궁 택일하라 하시니 사월 스무이렛날로

아뢰니 상께서 명관중사命官中使[1]를 보내사 입궐하심
을 전하시니 후께서 크게 놀라 사양하시며 이르시되,

"천은이 망극하여 천일天日을 보고 부모와 동생을
만나보게 된 것도 바랄 수 없던 노릇이려니와 어찌 감
히 궐내에 들어가 천안天顔을 뵈오리요."

굳이 사양하시고 예물을 받지 않으시니 상께서 엄
지를 민부에 내리시고 대신이며 중신들이 문밖에 청
대請待하고 어찰을 하루에 사오차씩 내리시매, 후께
서 그윽이 현이賢異[2]를 예탁豫度하사 입지立志를 세우
지 못하실 줄 아시고 은연탄식隱然嘆息하시고 마지못
해 예복을 입으시고 입내入內하실 새, 작은오라버님
민정자의 딸이 여덟 살에 들어와 이미 열세 살이 되니
후의 가르치심을 받아 언어 행동과 성품이 아름다운
고로, 차마 떠나지 못하사 손을 잡고 우시니 민소저閔
小姐 또한 음읍飮泣[3]하여 굳이 참지 못하는지라, 좌우
다 눈물을 뿌려 위로하는 것이더라.

황금채연黃金彩輦을 들이니 물리치시고 여느 때 쓰
는 교자를 들이라 하시니 상께서 듣지 않으시리라 하
고 사관이 청대하고 모든 일가들이 떠들어 권하니 마
지못하사 연에 듭시매, 사람들이 대로를 덮고 칠보단

---

1) 임금이 친히 임명한 중사. 2) 성품이 어질고 재주가 뛰어남. 3) 흑흑 느
끼어 욺.

장한 궁녀 벌여섰고 각 군문대장軍門大將이 어림군御
臨軍[1] 수천을 거느려 호위하고 대신과 백관이 시위하
여 입궐하시니, 예의 규모 존중하여 복위하실 줄 알아
향취 옹비香臭擁鼻하고 광채 찬란하며 천기 화창하여
혜풍惠風이 일어나고 상운이 하늘에 가득하니 장안
백성이 영락하여 굿보는 이 길이 메이게 즐겨 뛰놀고,
한편 옛일을 생각하고 눈물을 흘리며 재상명사宰相名
士의 부인이 의막을 잡고 굿보기 틈이 없어 도리어 가
례하실 때보다 더하고, 향년向年에 가마에 흰 보 덮어
나오실 때 궁인과 선비 통곡하고 따라가던 일을 생가
하매 어찌 오늘날이 있을 줄 알았으리요.

이는 전혀 민후의 원려와 덕망으로 덕을 본디 깊이
쓰시고 고초중 처신을 아름답게 하사 천의가 감동하
심이라. 여러 부인네들 기쁘고 한편 슬퍼 혹 울고 혹
웃더라.

후의 지밀至密[2]과 상석기구床席器具를 갖추고 이날
아침부터 이당裏堂 뜰에서 거니시며 전중에 갖춘 것
을 고쳐 보시더니 나인을 불러 물어 이르시기를,

"어찌 소첩梳帖이 없느뇨?"

궁인이 황공하여 아뢰기를,

"미처 생각지 못하였나이다."

---

1) 임금이 임석할 때 수비하는 군대. 2) 임금이 거처하시는 방.

상께서 진노하사 빨리 가져오라 하시매, 소첩나인
梳帖內人[1]이 황망히 하여 숙의대 꺾은 것을 모르고 가
져오니, 상께서 손수 펴보시고 진노하사 다른 것을 들
이라 하시고 소첩나인을 궐내에 부과附過하라 하시
니, 좌우가 상의 마음 자상 명찰하시니 전혀 중궁을
위하신 진정이신 줄 감탄하더라.

입궁 때 몸소 높은 누상에 오르사 만민의 즐겨하심
을 보시고 천심天心이 기쁘사 이미 봉련鳳輦이 궐문에
들어와 지밀 앞에 모시니 상께서 명하사,

"난간 아래 모셔라."
하시니, 궁녀가 연 아래 나아가 대전께서 계심을 아뢰
니 후께서 가라사대,

"죄인이 무슨 낯으로 전하를 감鑑하오리요.[2]"
하시며 덩[3]문 밖으로 즉시 나오지 않으시니, 상께서
친히 덩문을 열어 주렴을 걷으시고 쥐신 부채로 덩 속
에 바람을 내시고 물러서시니 후께서 성은이 망극하
여 덩에서 나오셔 난간에 엎드리사 청죄하오니 상께
서 궁녀를 명하사,

"빨리 모셔 전각 안에 드시게 하라."
하시니, 궁녀 일시에 붙들어 전각 안으로 뫼시되 감히
방석에 앉지 않으시고 엎드려 예와 이제를 생각하시

---

1) 빗접을 시중드는 나인. 2) '보다' 의 존대말. 3)공주나 옹주가 타는 가마.

매 희비가 엇바뀌어 천산화미千山畵眉[1]에 슬픈 안개
일어나고 효성쌍안曉星雙眼[2]에 눈물이 맺히시니 안색
이 처연悽然하사 애원하신 거동이 만좌滿座에 나타나
시더라.

상께서 한편 반기시고 옛일을 생각하시고 감창하심
을 이기지 못하사 봉안鳳眼에 용루龍淚[3] 떨어져 용포
龍袍[4] 소매를 적시니 좌우 일시에 눈물 흘려 감히 우
러러뵈옵지 못하더라.

이때 세자의 나이 일곱이시라, 체지 장성하여 어른
같더라. 이에 들어오셔 후께 사배하고 슬하에 모셔 앉
으니 후께서 그 숙성하심을 아름다이 여기시고 심히
비창하사 그 손을 잡고 어루만져 허희장탄歔欷長歎[5]하
실 뿐이더라.

상께서 좌座를 가까이 하사 전일을 뉘우치시고 지
금을 위로하사 말씀이 관유寬裕하사 금석이라도 녹일
듯하시나, 후께서 불감不敢함을 일컬으시고 조금도
태홀怠忽함이 없으셔 한결같이 유순정정하시니 상께
서 더욱 경복敬服하시고 좌우 모두 감탄하더라.

후께서 입궐하시매 심사가 불안하사 아무것도 잡숫
지 못하신지라 수족이 궐랭厥冷[4]하시니 상궁이 염려

1) 산을 그린 듯한 눈썹, 즉 수려한 눈썹을 가리킴. 2) 샛별 같은 눈, 즉 광
채가 어린 눈을 가리킴. 3) 임금의 눈물. 4) 곤룡포袞龍袍. 5) 한숨 짓고 길
게 탄식함. 4) 체온이 식을 때에 생기는 온갖 병증.

하여 수라라도 재촉하여 올리매, 상께선 잡수시나 후
께서 잡숫지 않으시니 상궁더러 잡수신가를 물으시니
대답하여 아뢰되,

"낭랑이 전날 신기 불안하사 현명하오신 후로는 잡
수신 일이 없나이다."

상께서 놀라셔 친히 수저를 들어 권하시니 후께서
성은을 감사하사 마지못해 받으시고 두어 번 진어하
시고 상을 물리매, 이때에 희빈이 오래 대위를 차지하
여 천만세나 누릴 줄로 알았다가 흔연히 상감께서 일
각에 변하여 국유를 뒤엎고 폐후廢后께 상명이 연락
하여 즉일 복위하오셔 들어오심을 듣고, 청천벽력이
일신을 분쇄하는 듯 놀랍고 앙앙분통함이 흉중에 일
천 잔나비 뛰노는 듯하니, 스스로 분을 이기지 못하여
시녀에게 전하여 말하되,

"내 오히려 곤위에 있거늘 폐비 민씨 어찌 문안을
아니하느뇨? 크게 실례하여 방자함이 심하도다."

궁녀 이 말 아뢰니 후께서 어이없이 못 들으시는 듯
사기 태연하시고 안색이 정정하사 답언이 없으시니,
이때 상께서 후와 더불어 나란히 앉아 계시다가 후의
기색을 살피시고 지난날이 다 맹랑하여 스스로 혼암
昏闇함을 부끄럽게 여기시고 장씨의 방자함을 통탄하
사, 즉시 외전에 나오셔 그날로 전지傳旨하사 후를 복
위하시고 여양부원군을 복관작復官爵하시고 후의 삼

촌 좌의정이 벽동碧潼[1] 적소謫所에서 졸卒하신 고로 복관작 추증追贈[2]하시고 그 자손에게 옛 벼슬을 주시고 새 벼슬을 높이시며, 장씨 아비는 삭탈관직削奪官職하시고 빈의 옥책玉冊[3]을 깨치시고 장희재를 제주 안치하라 하시고, 내시에게 전교하사 빈을 소당小堂으로 내리고 큰 전각을 수리하라 하시니 궁인과 중시가 전지를 전하고 바삐 내리라 하매, 장씨 대로하여 고성대질高聲大叱하여 말하되,

"내 만민의 어미요 세자 있거늘, 어찌 너희가 무례히 굴리요 내 부득이 폐비의 절을 받고 말리라."

하고 악독을 이기지 못해 세자를 난타하니 상께서 들으시고 친히 납시니 바야흐로 장씨 수라를 받았더니, 상감을 뵈옵고 독악이 요동하여 얼굴이 푸르락붉으락하여 말하기를,

"하루라도 내 위位에 있거늘 폐비 문안을 아니하며, 내 무슨 죄로 하당下堂에 내리라 하시나이까?"

상께서 용안이 진노하사 이르시기를,

"어찌 감히 문안을 받으며 또 어찌 이 자리를 길게 누리리요?"

장씨 문득 밥상을 박차고 발악하여 말하되,

---

1) 평안북도 압록강 가에 있는 땅 이름. 2) 종3품 이상 벼슬아치의 아비, 조부, 증조부에게 죽은 뒤에 벼슬을 내리는 일. 3) 제왕, 후비의 존호尊號를 올릴 때 송덕문頌德文을 새긴 간책簡冊.

"세자 있으매 내 어찌 이 자리를 못 가지리요. 내려
도 기어이 민씨의 절을 받고 내리리라."

수라상이 산산이 헤쳐 방안에 흩어지니 좌우가 악
착한 담을 어이없이 여기고, 상께서 해연대로駭然大怒
하시어,

"빨리 장씨를 끌어내리라!"
하시니, 궁중이 다 절분切忿하던 차 상의 뜻을 알고
황황히 달려들어 장씨를 끌어 업고 총총히 단에 내려
소당으로 가매, 장씨 발악하며 중궁전을 후욕詬辱[1]함
을 마지않으니 상께서 즉시에 내치시고 싶으되 전후
의 일이 너무 편벽하고 세자의 낯을 보아 내버려두시
니라.

다시 길일을 택하여 예의를 갖추어 후를 청하여 곤
위에 오르시게 하니 후께서 세 번 사양하시다가 마지
못하여 법복을 갖추시고 남면南面[2]하여 곤위에 오르
신 후 상床에 내려 상께 사은하시니 법도가 숙연하시
고 광채 찬란하사 전보다 배승倍勝하시더라.

상께서 용안에 기쁨이 가득하사 붙들어 탑에 오르
사 한가지로 어좌를 이루시고 비빈궁녀의 조하를 받
으시며 조정이 새로이 진하進賀하니, 화풍和風은 수막

---

1) 꾸짖고 욕설을 함. 2) 남쪽으로 향함. 남쪽은 곧 임금이 앉는 자리의
방향.

繡幕을 침노하고 상운이 옥루玉樓[1]를 둘러 화기 애연
하고 궁중이 화열和悅하여 뛰놀며 즐기는 소리 양양
하고 조정이 숙연하고 일국의 신민이 뉘 아니 기쁘게
여기리요.

　대장 공주와 명안 공주 들어와 조현하고 일희일비
하여,

　"성상 천은이요, 중궁 성덕이시라."
하고 못내 즐기며, 후께서는 천은을 감축할 뿐이시고
육 년 동안의 고초를 일컫지 않으시니 공주 더욱 어렵
게 알고, 성상의 총명 성덕이 장하심을 무수히 일컫고
사오 일 묵어 나가려 하니, 상께서 각별히 명하사 중
궁에 잔치하사 공주대척公主大戚들을 모아 즐기시게
하시니 중궁에 화기 가득하더라.

　상께서 성품이 엄하시고 천위묵묵天威默默하시나
그윽이 살피시고 고집하사 후께서 출궁하실 때 방자
하고 박대薄待하던 궁인들을 다 원찬遠竄하시고, 모시
고 간 궁인은 벼슬을 높이고 녹祿을 후히 주어 평생을
한가롭게 놀게 하시니 모든 궁녀들이 도리어 부러워
하더라.

　폐비 시 간쟁諫爭하던 신하를 적소에서 역마驛馬로

---

1) 백옥루로, 문인·묵객이 죽은 뒤에 간다는 곳. 여기서는 궁궐, 대궐을
일컫는 듯.

불러 화직華職을 주시니, 죽은 자는 충절을 생각하여
감루感淚를 내리와 후회하시고 복관작 추증하시며 친
히 제문祭文을 지어 제사를 지내시고 서원書院을 지어
봄가을로 제향祭享하여 그 충절을 포장하사 후세에
이름을 빛나게 하시고, 그 자손을 승직陞職[1]을 주시고
녹봉祿俸을 주사 그 부모처자를 살게 하시고 수초手
抄[2]로써 그 일문을 위로하시니 은혜 형특하신지라, 조
야朝野가 감축하고 열복悅服하는 것이더라.

　희빈의 간악함은 분하기 그지없으시나 세자의 안면
을 보사 희빈을 존봉尊奉하시고 무릇 공상범절供上凡
節[3]을 정궁正宮 버금으로 하고 궐내 영숙궁永肅宮[4] 취
선당就善堂[5]에 거처케 하시니 은영이 자못 호탕하시
니 사갈시랑蛇蠍豺狼[6]이라도 제 죄를 짐작하고 지극히
감격할 바로되, 장씨 외람히 곤위에 있어 일국이 추존
하고 상총이 온전하다가 졸지에 폐출하여 희빈으로
내리니 앙앙분노하고 화심禍心이 대발하여 전혀 원심
怨心이 곤전에 돌아가니, 불순한 언사 포악하고 불승
분화不勝忿禍[7]하여 세자를 볼 적마다 무수히 난타하여
마침내 골병이 드니, 상께서 대로하사 세자를 영숙궁

---

1) 벼슬이나 지위가 오름. 2) 손수 추려 씀, 또는 그 기록. 3) 진상進上하는
모든 절차. 4) 창경궁 춘당대 후원에 있던 궁. 5) 창경궁 안 지금의 낙선재
부근에 있는데, 경종을 낳은 곳임. 6) 뱀과 전갈 및 승냥이와 이리로, 남을
해치기 좋아하는 사람을 비유. 7) 분과 화를 이기지 못함.

에 가지 못하게 하시고 정전에서 놀게 하시니 세자 이
따금 아뢰기를,

"어이 어미를 보지 못하게 하시나이까?"
하고 눈물을 흘리매, 상께서 위로하사 중전 슬하에 두
시니 후께서 심히 사랑하시는 고로 세자 제 어미를 더
이상 생각지 않으시더라.

장씨 세자로 유세有勢하다가 세자도 보지 못하고
대전의 자취 돈절頓絶하며 아무도 불쌍히 여겨 들이
밀어 보는 이 없으매, 형세 외롭고 고단함이 당연 민
후보다 더 심하니 슬프다, 복선화음福善禍淫[1]이 윤회
보응輪廻報應이 분명하여, 하늘 높으시나 낮춰 들으시
는지라. 민후 폐출당하실 때는 나라 안의 모든 백성이
다 청원하여 도리어 몸이 괴로우나 이름이 빛나셨거
니와, 장씨는 폐출하매 만민이 다 좋다 하고 궁중이
쟁그라워[2] 은근히 웃고 비웃으니 더욱 분노하고 부끄
러워 원망 악담이 공연히 중궁께로 돌아가니, 전 후원
을 배회하며 귀를 기울여 들은즉 중궁전 차비差備[3]에
서 즐기는 소리와 번화한 거동이 간담이 벌어지는 듯
하고 밖으로 소문을 들으면 민씨 일문은 혁혁赫赫히
조정에 벼슬하고 상감의 총애가 지극하시고 조야가

---

1) 착한 이에게 복이 오고 악한 이에게 화가 옴. 2)쟁그랍다. 만지거나 보기
에 소름이 끼칠 정도로 흉하고 더러움. 3)궁궐 편전便殿.

다 축복하되, 제 오라비 희재는 제주 죄인이 되어 하나도 불쌍해하는 이 없으니 보고 듣는 것이 다 가슴 가운데 분이 되어 주사야탁晝思夜度하여 불 같은 흉심凶心이 구름 모이듯 하니 어찌 능히 끝을 누리리요. 평생 탐학貪虐[1]한 보물을 흩어 궁인을 매수하고 독약을 구하여 중궁 수라에 넣으려 하되, 후께서 짐작하시고 궁인을 신칙申飭하사 조석 수라를 다 심복 나인을 시키사 변이 없게 하시매, 궁중이 다 교하에 심복하여 흉사를 행할 자 없는 고로 하릴없어 저주 방정을 무수히 하여 궁모 흉계窮謀凶計 아니 미친 곳이 없었던 것이더라.

장씨 회사수덕悔謝修德[2]하여 공손히 있은즉 세자의 당당한 세도 있고 중궁의 성덕을 의지하면 천심도 감동하사 영화를 끝까지 누릴 것이로되, 족한 줄 모르고 자작지얼自作之孼[3]로 대역大逆을 도모하여 필경 앙급기신殃及其身[4]하니 어찌 두렵지 않으리요.

이때 시절이 흉황하니 상上과 후后께서 염려하사 피避 영전影殿하시고 수라를 반감半減하사 비망기를 내려 구원지책을 돈절히 하사 정성이 지극하시니 신민이 감동치 않는 이 없더라.

---

1) 탐욕과 포악한 마음으로 긁어모음. 2) 잘못을 뉘우쳐 사과하고 덕을 닦음. 3) 자기 스스로가 만든 재앙. 4) 앙화가 자기 몸에 미침.

병자년丙子年[1]에 동궁의 나이 아홉 살이시라, 관례冠禮[2]를 행하시고 세자빈世子嬪을 간택하사 상과 후께서 친히 뽑으시니 재덕이 겸비하며 청송靑松 심호沈浩의 따님[3]이시매, 가례를 행하여 세자빈을 책봉하시니 나이 열두 살이시라. 덕성이 아름답고 슬기로우시니 상께서 크게 사랑하사 조정국사朝廷國事 여가에는 주야에 중궁을 떠나지 않으사 화언話言[4]으로 한담하시고 세자빈과 왕자를 앞에 두사 재미를 보시니, 이때 숙인淑人 최씨,[5] 왕자를 탄생하여 바야흐로 세 살이시라, 기상이 비범하시니 상과 후께서 사랑하사 슬하에 무애撫愛하시니 후께서는 친히 낳으신 자손처럼 대하시더라.

빈은 숙덕이 근근勤하고 후께 지성이라, 숙의 김씨는 마침내 무자無子하매 불쌍히 여기오사 각별 은휼恩恤하시니 궁중에 화기和氣 가득하여 악한 자 없으되, 장씨의 마음은 도척盜跖[6] 같아 고치는 기색이 없으며,

"세자 나의 기출이로되 빈을 얻어 무색하고 한 번 보고 무궁한 영화와 극진한 효성을 중궁전이 혼자 보는도다. 오매寤寐로 교아절치咬牙切齒[7]하여 원수를 갚으리라."

---

1) 숙종 22년(1696). 2) 어른이 되는 예식, 성관成冠. 3) 경종의 왕비 단의왕후端懿王后 심씨. 4) 좋은 말. 5) 영조英祖의 생모. 6)중국 춘추 시대의 큰 도적으로, 몹시 악한 사람의 비유. 7) 몹시 분하여 이를 갊.

하고 요사스런 무녀와 흉악한 술사術士를 얻어 주야
로 모의하여, 영숙궁 서편에 신당神堂을 배설하고 각
색 비단으로 흉악한 귀신을 만들어 앉히고 후의 성씨
姓氏와 생월 생시를 써서 축사祝辭를 만들어 걸고 궁
녀에게 화살을 주어 하루 세 번씩 쏘아 종이가 해지면
비단으로 염습殮襲[1]하여 중전 신체라 하고 못가에 묻
고 또 다른 화상을 걸고 쏘아, 이리한 지 삼 년이 되나
후의 신상이 반석 같으시매 더욱 앙앙하여, 희재의 첩
숙정淑正은 창녀娼女로 요악한 자라 죄 극심하여 정실
正室을 모살謀殺하고 정처正妻가 되었더니 장씨 청하
여 의논하니 이는 유유상종類類相從이라, 궁흉 극악窮
凶極惡한 저주 방정을 다 하여 흉한 해골을 얻어 들여
오색 비단으로 요귀妖鬼 사귀邪鬼를 만들어 밤중에 정
궁正宮 북벽北壁 섬돌 아래 가만히 묻고 또 채단彩緞
으로 중전의 옷 일습을 지어서 해골을 가루로 만들어
솜에 뿌려두었으니 누구라 그런 흉모를 알았으리요.
옷 사이와 실마다 극악히 방자를 하여 거짓 공손한 체
하고 편지하여 중전께 드리니 간곡하신 말씀으로 그
정성을 위로하시고 받지 않으시거늘 하릴없어 기회를
얻으려고 두고 날마다 신당 축원과 요술 방정이 천만
가지로 그칠 적이 없으나, 이른바 사불범정邪不犯正이

1) 죽은 이의 몸을 씻긴 뒤에 수의를 입히고 염포로 묶는 일.

요 요불승덕妖不勝德[1]이라 하였으되 예로부터 손빈孫
臏이 방연龐涓을 해하였는 고로,[2] 액운이 불행한 때를
당하여 요얼妖孼이 침노하니 중전께서는 경진년庚辰
年[3] 중추부터 홀연히 옥체 편찮으시어, 각별히 극중極
重하심도 없고 때때로 한열寒熱이 왕래하고 야반夜半
이면 골절骨節을 진통하시다가는 평시 같은 때도 있
고 진퇴무상하신 것이더라.

　궁중宮中이 크게 근심하고 상께서 깊이 염려하사
민공閔公 등을 내전으로 인견하시어 병증을 이르시고
치료하심을 극진히 하시되 조금도 효험이 없고, 겨울
을 지내고 다음해 봄이 되니 후의 백설 같던 기부肌膚
가 많이 손색되시어 때때로 누런 진이 엉기었다가 없
어졌다가 하니 의사들이 다 병을 측량치 못하더라.

　상께서 적년積年 심혈을 적상積傷[4]하시어 고질痼疾
이 되심인가 하여 더욱 뉘우치시고 차석嗟惜[5]하사 후
의 기상이 너무 맑고 빼어나시니 행여 단수短壽하실
까 염려하사 용침龍枕이 능히 편치 못하시니 후께서
불안하사 매양 아픈 것을 굳이 나타내지 않으시고는

----

1) 간사한 것이 정의를 침범하지 못하고 요사스러운 것이 덕을 이기지 못
함. 2) 손빈은 방연과 함께 귀곡 선생鬼谷先生에게 병법을 배웠는데, 방연이
위魏나라 장수가 되자 손빈의 재주를 시기하여 그의 다리를 끊어버렸으나,
손빈은 제나라의 장수가 되어 위나라와 싸울 때 방연을 마릉馬陵에서 포위
하매 방연이 자결하였음. 3) 숙종 26년(1700). 4) 오랜 근심으로 마음이 몹
시 아픔. 5) 애달파하고 아깝게 여김.

하더라.

장씨, 후의 이러하신 줄 알고 요행히 여겨 못된 짓 더욱더 하더니, 여름 사월에 후의 탄일이 되시니 상감께서 하교하사 대연大宴을 배설하시어 민씨 일가 부인네를 모아 즐기게 하시니 이는 후의 병환이 진퇴무상하시매 여한이 없게 하고자 하심에서더라.

후께서 불안히 여기시어 재삼 사양하시되 상께서 고집하시니 천은을 황감해하시고 세자의 효성을 막지 못하시어 여러 날 연작宴酌을 베풀어 양 전하께서 세자와 빈의 효성을 어여삐 여기시고, 민씨 부인네들을 청하시니 민부에서는 대내 출입을 외람히 여기나 후의 병환이 진퇴하시고 상의 은혜 각별하심을 감축하여 모두 들어와 조현하니 후의 은은한 병색을 뵈옵고 깊이 근심하는 고로, 후께서 척연히 옥루를 흘리시어 이르시기를,

"내 무자박덕無子薄德으로 성상의 은총을 입어 갚을 길이 없거늘, 근래로 몸이 노곤하고 정신이 때때로 아득하여 운무雲霧 속에 있는 사람 같으니, 의심하건대 이 세상에 있는 날도 머지않을 것 같으니 위로 성상께 심려를 끼치고 아래로 동생 자매와 연락이 다시 쉽지 않을까 하노니, 원컨대 여러 자매는 자녀를 교훈하여 덕을 쌓고 복을 심어 후손까지 영화가 미치게 하소서."

　　말씀을 마치심에 흐느껴 우시매, 궁중이 다 후의 비참한 말씀을 듣고 놀라고 의심하여 눈물이 한없이 흐르고 본곁의 부인네 심사가 요동하여 눈물이 줄줄 흐르나 강작强作하여 억지로 참고 위로하여 말하기를,
　　"춘추 정정하시니 일시 병환에 어찌 이런 하교를 하시나이까?"
하여 하직하고 나올 때 후께서 초연 탄식하시고 부인네들은 다 가마 속에 들어가 흐느껴 울며 나가더라.
　　대장 공주, 육궁六宮 비빈妃嬪이 다 짐작하셔 의복을 하여 올리매 후께서 일제히 받지 않으시니 공주 등이 재삼 간청하시자 그 정성을 능히 물리치지 못하시어 받으시고, 장빈이 올린 의복도 물리치시매 세자 모시고 있다가 간권하시니 후께서 세자의 효성과 안면을 보사 받으시니 슬프다, 간인奸人의 해 궁극한데 이대도록 흉참한 줄 뉘 알며, 동궁도 추호나 앎이 있으면 친모의 허물을 낮추지 못하신들 어이 권하여 받으시게 하리요마는, 비록 장씨의 몸에서 낳았으나 온전하온 자애지정慈愛之情을 중궁께 받자와 친생의 정이 있거늘, 다른 후궁들은 전중에 왕래 잦아 화기와 은혜 온전하되 친모는 자작지얼로 스스로 용납치 못하니 모자지간母子之間이라도 간언諫言이 아무 소용 없으니 평생에 무안무색無顔無色한지라 어미 행여나 공순한 뜻에선가 하고 권하심이어니, 이로 말미암아 종신

지한終身之恨이 되시고 만 것이더라.

후께서 장씨 옷을 입지 않으시나 전중殿中에 있는 지라 요얼이 밖으로 침노하고 또 방안에 살기殺氣 성하니 이해 오월부터 병환이 중하게 되시어 옥체를 가누시지 못하시니, 약청藥廳을 배설하고 상께서 크게 우려하사 후의 형 민판서 형제를 명하사 친히 약을 살피게 하며 병측病側에 뫼신즉, 후 보실 적마다 서러워 느껴 우시며 아우와 조카에게 경계하여 이르시기를,

"너희 벼슬이 높고 명망이 중함을 근심하나니, 직임職任을 명찰明察하며 행신行身을 극진히 하여 선인先人의 청덕淸德을 첨욕添辱치 말고 보신지책保身之策하여 효도孝道로써 끝을 맺도록 하라."

하시며 병환중에는 더욱 일일이 떠나기를 어려워하시니 민공 형제 척연감읍하여 지성으로 치료하며 의관을 밖에서 등대하고 안에서 백 가지로 다스리되 추호도 효험이 없고 점점 더하시니, 이는 신상으로 솟아나신 병환이 아니기 때문이더라. 사질邪疾이 왕성하고 저주의 독이 골수에 스몄거늘 백초百草의 물로 어찌 제어할 수 있을까 보냐!

낮이면 맑은 정신이 계셨다가도 밤마다 더욱 중하시어 섬어譫語[1]를 무수히 하시매, 증세 고이하나 능히

---

1) 헛소리, 잠꼬대.

그 연유를 알지 못하니 이 또한 후의 액수厄數[1] 불행하신 연고라 할 수 있으리로다.

칠월에 별증을 얻어 위독하시매 명이 조석에 달려 있는지라, 일궁이 진동하고 조야 망극하여 천신天神께 빌며 북두北斗[2] 제祭를 올리되 세자께서 친림하시니 이토록 그 정성이 아니 미친 곳이 없으나 병환은 더욱 중해지실 뿐인지라, 상께서 침식을 폐하시고 근심하사 용안이 초췌하시니 후 미력하신 경황중에도 몹시 염려하사 간諫하시더라.

후, 스스로 회춘回春하지 못하실 줄 아시고, 의녀醫女를 물리치시고 의약을 들지 않으시니 상께서 임어하사 들으시고 놀라사 약을 친히 권하시며 말씀하시기를,

"병중에 어찌 약을 그치리요. 억지로라도 약을 드시고 빨리 회복하여 과인의 바라는 바를 저버리지 말으소서."

후께서 정신을 겨우 차리사 말씀하시기를,

"첩이 아직 나이 적고 영화 제미하오니 무어 죽고자 하리요만 날로 아픔이 극심하니 어서 죽어 모르니만 못하오이다. 약을 써도 효험이 없고 오장이 더 아프오나 전하의 염려하심을 저버리지 못하와 강잉强仍[3]히

---

1) 재액災厄이 돌아오는 신수. 2) 북두칠성. 3) 마지못해 그대로.

먹겠나이다만, 첩이 반드시 오래 살지 못할 것이온즉
먹고 괴로운 것을 권치 말으소서."

상께서 듣기를 마치시고 옥루 떨어져 척연히 이르
시기를,

"후는 어찌 이런 불길한 말씀을 하여 과인의 심사를
요동하시느뇨? 만일 정히 괴로우면 수일만 끊고 심사
를 편안히 하여 조양調養하소서."

친히 미음을 권하시며 병전病前에 계셔 떠나지 않
으시더니 과연 약을 그치심으로부터 조금 감세 계신
듯하사 궁중이 잠깐 다행히 여기더니, 하루는 스스로
미음을 찾아 진어하시고 좌우 시탕하던 시녀를 돌아
보아 이르시기를,

"내 이제 살지 못하리니 너희 지성을 무엇으로 갚으
리요? 너희들은 내 삼년상 후 각각 돌아가 부모 동생
을 보고 인륜을 갖추어 살다가 구천타일九泉他日[1]에
지하에서 모이기를 기약하자."

좌우 천만 뜻밖의 하교를 듣고 망극하여 일시에 낯
을 가려 체읍하고 눈물이 쏟아져 목이 메어 능히 대답
을 못하더라.

후께서 명하사 전각殿閣을 소쇄하고 향을 피우고
궁인에게 붙들려 세수를 정히 하시고 양치질을 하시

---

1) 죽은 후 다른 날.

고 새옷과 새 금침을 갈아입으시고 궁녀를 시켜 상을 청하시니, 상께서 들어오시매 후께서는 의상을 정돈하시고 좌우로 붙들려 앉아 계시매 궁인들이 다 망극하여 슬픈 빛이더라.

천심天心이 당황하사 후 곁에 가까이 다가앉으시며 이르시기를,

"어이 이렇듯 실섭失攝[1]하시느뇨?"

후께서 문득 옥루를 흘리며 아뢰기를,

"신이 곤위에 있어 성상 천은으로 영복이 극진하오니 한恨하올 바 없으나, 다만 슬하에 골육이 없어 그림자 외롭고 성상의 큰 은혜를 만분의 일도 갚삽지 못하옵고, 오히려 천심을 손상하시게 하고 오늘날 종천영결終天永訣[2]을 사오니 구천지하九泉之下[3]에서도 눈을 감지 못하오리니, 원하옵건대 성상께서는 박명한 첩을 생각지 말으시고 백세안강百歲安康하소서."

상께서 크게 서러워 용루를 흘리며 이르시기를,

"후께서 어찌 이런 불길한 말씀을 하시느뇨?"

하시고 말씀을 능히 이루지 못하사 용포 소매가 젖으시니 후께서 정신이 황란慌亂하시나 어찌 상의 슬퍼하심을 모르시리요. 눈물 흘리시고 길게 한숨 지으며 말씀하시기를,

---

1) 몸조리를 잘못함. 2) 죽어서 이 세상과 영원히 결별함. 3) 황천黃泉, 저승을 일컬음.

"성상은 옥체를 보중하사 돌아가는 첩의 마음을 평안케 하시고 만민의 폐를 덜으소서."

세자와 왕자를 어루만지시고 후궁과 비빈을 나오라 하사 가로되,

"내 명운命運이 불행하여 육년고초를 겪고 다시 성은이 망극하사 곤위에 올라 세자와 왕자와 더불어 조용히 여생을 마칠까 하였더니, 오늘날 돌아가니 어찌 명박命薄하지 않으리요? 그대들은 나의 박명을 본받지 말고 성상을 모셔 만수무강萬壽無疆하라."

연잉군延礽君[1]이 이때 팔 세시니, 손을 잡고 서러워하여 말씀하시기를,

"이 애 영특하여 내 극히 사랑하였더니, 그 장성함을 보지 못하니 한이로다."

하시고 비빈을 물러가게 하시고 오라버님 내외와 조카네 사촌들을 인견하사 오열 비창嗚咽悲愴하심을 금치 못하시니 민공 등이 배복拜伏 오열하여 능히 말을 못하는지라, 상께서 이 거동을 보시고 천심이 미어지고 꺾어지는 듯 차마 보지 못하시더라.

좌우에서 미음을 올리니 상께서 친히 받아 용루를 머금고 권하시니, 후께서 크게 탄식하시고 두어 번 마시고 상께서 친히 부축하여 베개를 바로 누이시더니,

---

1) 영조英祖의 처음 책봉된 이름.

이윽고 창경궁[1] 경춘전景春殿[2]에서 엄연 승하昇遐하시니 신사년辛巳年[3] 추팔월 열나흗날 사시巳時요, 복위하신 지 팔 년이요 춘추 삼십오 세시더라.

궁중에 곡성이 진동하여 귀신이 다 우는 듯 궁녀 서로 머리를 맞대어 망망히 따르고자 하니 하물며 상께서랴.

상께서 과도히 슬퍼하사 손으로 난간을 두드리시며 하늘을 우러러 방성통곡하시니 용안에 두 줄기 눈물이 비 오듯 하사 용포가 마치 물을 부은 것같이 젖었으니, 궁중이 차마 우러러뵈옵지 못하였더라.

조정과 사서인의 슬퍼함이 심산공곡深山空谷에 이르러 다 부모상보다 더하니 후의 숙덕성행이 아닌들 어찌 이대도록 하리요.

상께서 예로써 입관入棺 성복成服을 지내시고 사시제전四時祭典에 친림곡배親臨哭拜하사 애통하심이 날로 더하시니 궁중 신하들이 모두 근심하더라.

구월 초나흗날 상께서 친림하시어 친히 제사를 지내실 때 제문祭文을 지어 예관禮官에게 읽히시니 대강 제문에 왈,

---

모년 모월에 국왕은 비박지전非薄之奠[1]으로 대행왕비大行王妃[2] 민씨지전閔氏之前에 고하노니, 오호嗚呼라! 현후賢后의 돌아가심이 사실인가, 꿈인가, 달이 가고 날이 바뀌되 과인이 황란하여 능히 깨닫지 못하니 속절없이 천기 막막하고 음용音容이 그쳤으니 그 돌아감이 반듯한지라.

옛사람이 실우지탄失偶之嘆과 고분지통鼓盆之痛[3]을 일렀으나, 과인의 지통과 유한遺恨은 고금에 비겨 방불彷彿한 자가 없도다.

오, 슬프도다! 현후는 명문생출名門生出이요, 현부형賢父兄의 교훈을 받았도다. 뛰어난 자질과 아름다운 성덕이 갈담규목葛覃樛木[4]에 극진하지 않음이 없으되 시운이 불리하고 과인이 불민不敏하여 육년손위六年遜位[5] 차마 어찌 이르리요. 위태한 때에 처신을 더욱 곧게 하시고 어지러운 때에 덕행을 더욱 평정히 하여 과인으로 하여금 과실을 많이 감춤은 현후의 성덕이라 꽃다운 효절孝節과 규잠規箴[6]하는 덕이 국풍國風에 순이하여 도를 임하여 한가지로 태평을 누릴까 하였더니, 창천蒼天이 어찌 숙인 앞길을 빨리 하여 과인이 내조를 다시 바랄 수 없이 되었

---

1) 간략한 제전. 2) '대행'이란 왕이나 왕후가 돌아가신 뒤 아직 시호諡號를 올리기 전에 부르는 말로, 여기서 대행왕비란 돌아가신 인현왕후를 일컬음. 3) 두 가지 모두 부부가 짝을 잃음을 뜻하니, 즉 상처喪妻함을 일컬음. 4) 왕후의 근검경효勤儉敬孝와 관후寬厚한 덕행을 말함. 5) 6년 동안 장희비의 간계로 왕후의 자리에서 물러나 있었음을 뜻함. 6) 법도를 잘 지킴.

고녀!

슬프도다! 현후는 평안히 돌아가 만사를 잊었거니와 과인은 길고 먼 세상에 지한과 설움을 어찌 견디리요.

오호라! 현후의 맑은 자품資品으로 일개 혈육이 없고 어진 성덕으로 장수를 누리지 못하신고! 하늘도 무심하신지라. 이는 반드시 과인의 실덕묘복失德眇福[1]을 하늘이 밉게 여기사 과인으로 하여금 무궁한탄無窮恨歎이 되게 하심이로다.

통명전通明殿을 바라보니 현후의 덕 있는 모습과 온화한 음성이 들리는 듯하긴민 이제 길이 막힘이 몇천 리인고!

과인이 중간에 실덕함이 없이 지금까지 무고하시다 돌아가셔도 슬프다 하려든 하물며 과인의 허물로 육 년에 걸친 고초를 생각하매, 골똘한 유한이 여광여취如狂如醉[2]로다.

제문이 너무 장황하니 이에 그치노라.

읽기를 마침에 방성대곡하시니 곡성과 눈물이 영인 감창令人感愴[3]이시라, 좌우에 모시는 신하들이 다 체읍하고 감히 우러러뵈옵지 못하더라.

---

1) 허물이 많고 복이 적음. 2) 미친 것도 같고 술 취한 것도 같음. 3) 사람으로 하여금 느껍고 서글프게 함.

인현왕후仁顯王后라고 추존하시고 능호陵號는 명릉明陵이니 고양高陽이라. 능전陵殿을 경연전景延殿이라 하시고 대신을 명하사,

"능역陵役을 지성으로 감찰하라."

하시고 능묘 우편을 비워,

"타일 동폄他日同窆[1]하라."

하시고, 섣달 초여드렛날로 인산택일因山擇日[2]하시니, 오 슬프다, 사람의 수요壽夭는 인력으로 못한들 후의 현철성덕賢哲聖德으로 마침내 무자無子하시고 단수短壽하심이 더욱 간인奸人의 참화를 입으시니 어찌 순탄한 일생을 누리셨다 하오리마는, 어진 사람도 복을 누리지 못하거든 하물며 악인이 종시終時를 안향安享[3]함을 얻으리요.

차설且說,[4] 장희빈이 후의 병환 때 두어 번 뵈옵고 칭병稱病하고 문후問候치 않았으니 후께서 그 심정이 곱지 못한 줄 아시나 알고도 모르는 체하시니, 후를 중궁전이라 아니하고 민씨라고 부르며 중궁 이야기를 할 양이면 말머리에 반드시 이를 갈며 잡귀 요괴로 이 세상에 용납치 못하니라 하고 날마다 무녀와 술사를 시켜 축원하더니, 마침내 승하하시매 크게 기뻐하여

---

1) 뒷날에 같이 장사지냄. 2) 왕후의 장례일을 가려서 정함. 3) 하늘이 내린 복을 평안히 누림. 4) '각설却說'과 같은 말로, 화제를 돌릴 때 그 첫머리에 쓰는 말.

합수축천合手祝天[1]하고 이수異獸가 애애曖曖하여 양양
자득揚揚自得하고, 신당神堂을 즉시 없앨 것이로되 여
러 해 동안 위하였으니 갑자기 없애는 것이 세자와 빈
에게 해롭다 하고 무녀와 술사들이 상의하여 구월 초
이렛날 굿하고 파하려 그대로 두었더니 이 또한 제 인
력으로 못할 일이었던가 하더라.

이때 상께서 왕비를 생각하시고 모든 후궁을 찾지
않으시고 지나치게 슬퍼하사 조석朝夕으로 애통하사
천광天光[2]이 환탈換脫[3]하시니 제신諸臣이 간유諫諭하
온즉 상께서 초언이 탄식하시며 말씀하시기를,

"과인이 부부지정夫婦之情으로 슬퍼함이 아니라 그
덕을 생각하고 성품을 잊지 못하여 서러워함이로다."
하시니, 제신이 모두 감창해 마지않더라.

구월 초이렛날 석전夕奠[4]에 참례하시고 돌아오시니
추기秋氣는 서늘하고 초생달이 희미한데 귀뚜라미 소
리조차 일어나 심사 더욱 처량하시어 촉燭을 대하여
눈물을 흘리시다가 안석案席을 의지하여 잠깐 조시니
비몽사몽간에 죽은 내시가 앞에 와서 아뢰되,

"궁중에 사악한 잡귀와 요귀가 성하여 중궁이 비명
非命에 참화慘禍하시고 앞에 큰 화가 불일듯할 것이오

---

1) 손을 모아 하늘에 빎. 2) 하늘의 빛. 여기서는 임금의 얼굴로, 용안龍顔
을 일컬음. 3) 많이 여윔. 4) 염습 때부터 장사 때까지 저녁마다 신위神位 앞
에 제물을 올리는 의식.

니 바라옵건대 성상은 깊이 살피소서."

하고 손을 들어 취선당을 가리키며 상을 모시고 한 곳에 이르니 후의 혼전魂殿이라, 전중에 중궁이 시녀를 거느리시고 앉아 계신데 안색이 참담하사 애연哀然히 통곡하시며 상께 고하여 말씀하시기를,

"신의 명이 비록 단短하오나 독한 병에 잠기어 올해 죽을 것이 아니로되, 장녀 천백 가지로 저주 방자하여 요얼의 해를 입어 비명한사非命恨死하니 장녀는 불공대천不共戴天의 원수라. 원혼冤魂이 운간雲間에 비껴 한을 품었으니 당당히 장녀의 목숨을 끊을 것이로되, 성상께서 친히 분별하사 흑백을 가려 원수를 갚아주심을 바라오며 요사妖邪를 없이하여야 궁내가 평안하리이다."

상께서 크게 반기사 옷을 잡아 물으려 하시다가 놀라 깨달으시니 침상일몽枕上一夢이시라.

촉영燭影은 휘황하고 좌우 내시들은 장지 밖에 모셔 앉았으니 크게 슬퍼 일장 통곡을 하시고 좌우더러 때를 물으시니 초경初更[1]이라, 이에 옥교를 타시고 위의威儀를 다 떨으시고,

"인적人蹟과 훤화誼譁[2]를 내지 마라."

하시고 영숙궁으로 가시매, 이 궁에 행차하신 지 칠팔

---

1) 오경五更의 첫번째로, 오후 7시~9시 사이를 일컬음. 2) 지껄여서 떠듦.

년 만이시라, 누가 상께서 행차하실 줄 알았으리요!

이날이 장희빈 생일이라, 숙정이 들어와 하례하고 중궁 죽음을 치하하여 모든 궁인들이 공을 다투고 옛말을 이르며 신당에서는 무녀 술사 들이 촛불을 밝히고 설법하더니, 부지불식간에 대전의 옥교 청사廳事[1]에 이르사 들어오시니 궁녀들이 놀라 급급히 일어나 맞아 어떻게 할 줄을 모르더라.

상께서 그 쟁공爭功하는 말을 들으시고 마음속에 크게 노하시어 묵연默然히 관형찰색觀形察色[2]하시니, 궁녀들이 생각히되 희빈 생일이요, 중전이 아니 계셔서 찾아오신 줄만 알고 야반 수라를 성비盛備하여 들이니 상께서 냉소冷笑하시고 멀리 살펴보시매, 맞은 편 당에 등촉이 조요照耀하더니 다 끄고 괴괴한지라 의심이 동하사 몸을 일으켜 청사를 나오시니, 맞은편에 병풍을 쳤거늘 치우라 하시니 궁녀 황겁하였으매 할 수 없어 걷으니 벽상에 한 화상畵像을 걸었는데, 자세히 보시니 완연한 민후로 다름이 없는 터에 화살을 맞은 구멍이 무수하여 다 떨어졌는지라, 물어 이르시기를,

"저것은 어인 것이뇨?"

하시니, 좌우 황황하여 아무 말도 못하거늘 장씨 내달

---

1) 마루. 2) 사물을 자세히 관찰하고 안색을 자세히 살펴봄.

아 고하되,

"이는 중궁전 화상이라, 그 성덕을 감격하와 화상을 그려두고 시시로 생각하나이다."

상께서 비로소 진노하사 이르시기를,

"후를 생각하여 그렸으면 저렇듯 화살 맞은 곳이 많느뇨?"

장씨가 대답하지 못하거늘 데리고 오신 내관에게 명하사 촉을 잡히고 서편당西便堂[1]에 가보시니 흉악한 신당이라, 천노天怒가 진첩震疊[2]하사 청사에 앉으시고 궁노宮奴를 불러 모든 궁녀를 다 잡아내어 단단히 결박하고 엄치嚴治하사 이르시기를,

"내 벌써부터 짐작하고 알았으니 궁중의 요악한 일을 추호라도 숨기면 경각에 죽이리라."

하시니, 천노가 진첩하사 급한 뇌성 같고 엄하신 기운이 상설霜雪 같으시니 어찌 감히 은휘隱諱[3]하리요마는 그중 시영時英이 간악하여 처음은 모르노라 하더니, 피육이 떨어지며 여러 시녀 일시에 응성應聲 주초奏招하여 전후 사연을 역력히 다 아뢰니, 상께서 새로이 모골毛骨이 송연悚然하여 이르시기를,

"범을 길러 화를 받는다는 말이 과연 이번 일 같도다. 내 장녀張女를 내치지 않고 두었다가 큰 화를 자

---

1) 취선당 서쪽에 있는 신당. 2) 존귀한 사람이 몹시 성을 내어 그치지 아니함. 3) 꺼리고 숨기어 피함.

취自取하였으니 이도 불가사문어린국不可使聞於隣國[1]이라."

하시고, 상궁 시녀 들을 금부禁府로 내리와 내일로 친국하려 하시고 외전에 나오시어 능히 잠을 이루지 못하시고 이튿날 중외에 반포하시어,

"중궁이 비명원사非命寃死하심과 장빈의 대역부도大逆不道와 흉모 간악凶謀奸惡이 불가사문어린국이라. 모든 죄를 다스리고 죄인 장희재를 급급 몽두나래蒙頭拿來[2]하고 역률逆律 죄인 숙정을 한가지로 모역한 유류有類니 정형定刑하라."

하시고,

"내수사 춘상, 철향, 시영 등을 금부에 가 잡아 인정문仁政門에서 친국하라."

하시매, 승지 윤이부尹吏部[3] 엎드려 머리를 조아리고 아뢰기를,

"희빈의 죄악이 중하오나 세자를 보아 성상의 진노하심을 가라앉히시옵소서."

상께서 크게 노하시어 이르시기를,

"장씨 처음에 중궁을 간해하되 세자의 낯을 보아 두었더니 궁중에 신당을 만들고 저주를 묻어 국모를 모

살하니 궁흉 극악한 대역부도는 천고에 없는지라. 내 친히 국문하여 죄를 밝혀 중궁 영혼을 위로하려 하거 늘 승지, 역적을 두호斗護하여 금부로 추국하자 하니 신자臣者로서 국모를 모살한 원수를 어찌 이렇듯이 하리요. 극히 한심한 일이로다. 윤을 삭탈관직하여 문 밖으로 내어쫓으라.”

하시고, 국청 죄인 철향은 형문刑問 삼장三杖에 문초 하여 자백하여 말하기를,

“을해년乙亥年[1]부터 신당을 배설하고 무녀 술사로 축원하여 중궁이 망亡하시고 장씨 복위復位하게 빌었 으며, 화상을 걸고 쏘아 염하여 묻었나이다. 이 밖의 일은 시향 등이 알고 소인은 모르나이다.”

하여 시향을 엄문하시니 나이 이십삼이라. 복초服招 끝에 말하기를,

“희빈의 오라비 장희재의 첩 숙정으로 서간 왕래하 되 빈이 숙정에게 한 편지를 본즉 좋아하되 그 연고를 모르고, 숙정을 불러들여 구구이 의논하고 작은 동고 리를 치마 속에 싸가지고 철향과 소인을 데리고 황혼 에 통명전 왼편 연못가 여러 곳에 묻고, 또 무엇인지 봉한 것을 봉지 봉지 만들어 상춘각 부중府中[2] 섬돌 아래 곳곳에 묻고 신은 돌아다니며 사람의 기척을 살

---

1) 숙종 21년 (1695). 2) ‘부府’의 이름이 붙었던 예전 행정구역의 안.

피고, 신은 철향 등과 함께 다니오나 그 속에 든 것은 모르옵고, 하루는 취영이 빈께 고하여 말하기를, '행사行事를 다하였나이다' 한즉 빈이 말하기를, '시영, 철향이 다 그곳을 아느냐?' 하거늘, '함께 다니며 하였사오니 어찌 모르오며 철향 등이 심복이오나 명목이 다르오니, 속이는 것이 좋지 않으니 알게 하소서' 하였나이다. 신은 그 속을 모르오되 이해로 데려가 세勢를 두려 모역한 것이 적실하오이다."

시영은 사십일 세라, 요악하나 감히 숨기지 못하여 복초하기를,

"해골에 오색 비단옷을 입혀, 중전 생년 생월 생시를 써 묻고 의복 지은 곳에 해골 가루를 솜에 뿌리고 또 해골을 싸서 염습하여 묻었다가 들여가니 중전이 받지 않으시더니, 이듬해 탄일誕日에 올리매 또 받지 않으시다가 춘궁전하春宮殿下[1]의 낯을 보사 받으시니, 축사와 요얼을 만든 것은 다 숙정의 조화로소이다."

즉시 숙정과 무녀 술사를 잡아들이며 엄형 국문하시니 무녀 술사가 초사에 말하기를,

"일찍이 장희재를 사귀었삽더니 귀양갈 때 은자銀子를 많이 주며 빈께 천거하니, 천한 것이 무지하와 보화를 탐하여 대역을 지었사오니 지만遲晩[2]이로소

---

1) 왕세자의 딴이름. 동궁東宮. 2) 옛날 죄인이 자백할 때에 '너무 오래 속여 미안하다' 는 뜻으로 자기의 자복自服함을 일컫는 말.

이다."

숙정을 국문하시니 주초 왈,

"희빈이 매양 궁녀를 보내어 어린아이 옷을 지어달
라 하매 지었나이다. 또한 시시로 보물을 많이 보내
고 또 이르되 취선당이 절로 울고 희빈 병환이 계시
니 굿을 하겠다고 청하거늘 들어가오니, 무녀 술사를
시켜 중전 망하심을 축수하는데, 빈이 실정을 일러
모의하니 죽을 때라 동참하옵고 중전의 의대를 지은
것도 신이 하고 해골은 희재의 청지기 철명이 얻어들
였나이다."

철명을 잡아들이라 하시매 도망하였으나 워낙 용모
가 특이한 고로 수일 안에 잡아들이니,

"희재와 사생死生의 의誼가 있어 귀양갈 때 은자를
많이 주며 '희빈이 부리는 일이 있거든 진심으로 하라'
한 고로 팔도에서 몹쓸 해골을 다 얻어들였나이다."

초사招辭가 여출일구如出一口하니 만조 시신侍臣이
모골이 송연하여, 곳곳에 묻은 것을 파내니 그 모양이
흉한 것도 있고 요사한 것도 있어 차마 대하지 못하고
중전의 의복을 꺼내어 솜을 떠니 과연 푸른 가루가 날
리므로 상께서 진노하시고 이윽고 추연히 장탄하여
이르기를,

"도시 과인이 불명不明하여 궁중에 이런 변이 나니
어찌 누구를 나무라리요. 구천타일에 무슨 면목으로

중궁을 볼 것인고."

그날로 죄인 십여 인을 군기시軍器寺[1]에서 능지처참하고 몇몇 궁인과 마직馬直은 멀리 귀양보내시고 전교에 이르시기를,

"국모를 모살하니 이 막대한 옥사로되, 대역부도의 신하가 연일 계사啓辭하여 드러날까 두려워 친국함은 임군의 체면이 아니라 하고 거역하니 너희 뜻을 좇아 중궁 모살한 원수를 잡지 않음이 옳더냐? 이런 신하를 두면 반드시 후환이 있을 것이매, 영의정 최석정으로 변원邊遠에 정배하고 기녀는 삭탈괸직히노라."

하시고, 장빈을 본궁에 가두었더니 처지를 생각하실새 경각에 부월斧鉞로 참하시고 싶으되 부자父子는 오상五常의 대륜大倫이라, 세자의 낯을 보지 않을 수 없어 중형을 못 하시고 이르시되,

"옛 한무제漢武帝도 무죄한 구익 부인을 죽였거니와 이제 장녀는 오형지참五刑之斬[2]을 할 것이요 죄를 속이지 못할 바로되, 세자의 정리를 생각하여 감소 감형하여 신체를 온전히 하여 한 그릇의 독약을 각별히 신칙하노라."

궁녀를 명하여 보내시며 전교하사,

---

1) 조선조 때 병기兵器, 기치旗幟, 융장戎仗 등의 영조營造를 맡아 관리하던 곳.
2) 다섯 가지 형벌로 다스려 죽임. 오형은 즉 태형笞刑, 장형杖刑, 도형徒刑, 유형流刑, 사형死刑임.

"네 대역부도의 죄를 짓고 어찌 사약을 기다리리요. 빨리 죽음이 옳거늘 요악한 인물이 행여 살까 하고 안연히 천일天日을 보고 있으니 더욱 죽을 죄노라. 동궁의 낯을 보아 형체를 온전히 하여 죽음이 네게 영화라. 빨리 죽어 요괴로운 자취로 일시도 머무르지 마라."

장씨는 이때 온갖 죄상이 다 탄로나서 일국 만성萬姓이 회자膾炙[1]하되 조금도 두려워하는 빛과 부끄러워함도 없고 중궁을 모살한 것만 쾌快하고 세자의 형세를 믿고 설마 죽이기야 하랴, 두 눈이 말똥말똥하여 독살만 부리더니 약을 보고 고성발악高聲發惡하며,

"내 무슨 죄가 있어서 사약하리요, 구태여 나를 죽이려거든 내 아들을 먼저 죽이라."
하고 약그릇을 엎으며 궁녀를 호령하니, 궁녀 위력으로 핍박逼迫치 못하여 이대로 상달하니 상께서 진노하사,

"내 앞에서 죽일 것이로되 네 얼굴 보기 더러워 약을 보내니, 네 염치 있을진대 스스로 죽어 자식이 편하고 남의 손에 죽지 않음이 옳거늘 자식을 유세하여 뉘게 발악하느뇨? 이 약이 네게는 상인 줄 알고 죄 위에 죄를 더하여 삼척지율을 받지 마라."

궁녀가 어명을 전하니 장씨 발을 구르며 손뼉을 치

---

1) 널리 사람의 입에 오르내림.

고 발악하여 말하기를,

"민씨 단명하여 죽음이 내가 아랑곳이더냐? 너희들이 감히 나를 죽이매, 후일 세자의 손에 살까 싶더냐?"

불순 포악한 소리가 악착 같으매, 상께서 들으시고 분연하사 좌우에게,

"옥교를 가져오라."

하사 타시고 영숙궁으로 친림하사 청사에 앉으시고 좌우를 호령하사 장씨를 끌어내려 당에 내리우고 꾸짖어 가라사대,

"네 중궁을 모살하고 대역부노함이 천지에 딩연하니 반드시 네 머리와 수족을 베어 천하를 효시梟示할 것이로되 자식의 낯을 보아 특은特恩으로 경벌輕罰을 쓰거늘, 갈수록 태만하여 죄 위에 죄를 짓느뇨?"

장씨 눈을 독하게 떠 천안天顔을 우러러뵈옵고 높은 소리로 말하기를,

"민씨 내게 원망을 끼치어 형벌로 죽었거늘 내게 무슨 죄가 있으며, 전하께서 정치를 아니 밝히시니 임군의 도리가 아니옵니다."

살기가 자못 등등하니 상께서 진노하사 용안龍顔을 치켜 뜨시고 소매를 걷으시며 여성勵聲[1]하여 이르시기를,

---

1) 성이 나서 큰소리를 지름.

"천고에 저런 요악한 년이 또 어디 있으리요? 빨리 약을 먹이라."

장씨, 손으로 궁녀를 치고 몸을 뒤틀며 발악하여 말하기를,

"세자와 함께 죽이라. 내 무슨 죄가 있느뇨?"

상께서 더욱 노하시어 좌우에게,

"붙들고 먹이라."

하시니 여러 궁녀 황황히 달려들어 팔을 잡고 허리를 안고 먹이려 하매, 입을 다물고 뿌리치니 상께서 내려 보시고 더욱 대로하사 분연히 일어나시며 막대로 입을 벌리고,

"부으라."

하시니 여러 궁녀 숟가락총으로 입을 벌리는지라, 장씨 이에는 위급한지라 실성 애통하여 말하되,

"전하, 내 죄를 보지 마시고 옛날 정과 자식의 낯을 보아 목숨만 용서해 주옵소서."

상께서 들은 체도 아니하시고 먹이기를 재촉하시매, 장씨는 공교한 말로 눈물을 비같이 흘리며 상을 우러러뵈오며 참연히 빌며 말하기를,

"이 약을 먹여 죽이려 하시거든 자식이나 보아 구원九原[1]의 한이 없게 하여주소서."

---

1) 저승, 구천九泉.

간악한 소리로 슬피 우니, 요악한 정리는 사람의 심장을 녹이고 처량한 소리는 차마 듣지 못할 것 같으니 좌우 도리어 불쌍한 마음이 있으되, 상께서는 조금도 측은한 마음이 아니 계시고,

"빨리 먹이라."

하여 연이어 세 그릇을 부으니 경각에 크게 한 번 소리를 지르고 섬돌 아래 고꾸라져 유혈이 샘솟듯 하니 한 그릇의 약으로도 오장이 다 녹거든 하물며 세 그릇을 함께 부었으니 경각에 칠규七竅[1]로 검은 피가 솟아나 땅에 괴니, 슬프다, 자그마한 궁인의 몸으로 전승국모千乘國母[2]를 모살하고 여러 인명이 모두 검하劍下에 죽게 되니 하늘이 어찌 앙화를 내리시지 않으리요.

상께서 그 죽은 모습을 보시고 외전으로 나오시며,

"신체를 궁 밖으로 내라."

하시고 이튿날 하교하시기를,

"장씨의 죄악이 중하여 왕법王法을 행하였으나, 자식은 모자지정이라 세자의 정리를 보아 초초草草히[3] 예장禮葬하라."

하시고, 장희재를 극형에 처하여 육신을 갈라서 죽이시고 가재家財를 몰수하시니, 나라 안의 온 백성들이 상쾌히 여겨 아니 즐기는 이 없더라.

---

1) 사람 얼굴에 있는 귀, 눈, 코들의 각 두 구멍과 입 한 구멍. 2) 지존至尊의 국모를 일컬음. 3) 간략하게.

장씨의 주검을 뉘라서 정성으로 시수屍收[1]하리요.
피 묻은 옷에 휘말아 소금장을 덮어 궁 밖으로 내어
방안에 누이고 상의 명령을 기다리더니,

"염장殮葬하라."

하시매 들어가 입관하려고 하니 하룻밤 사이에 시체
가 다 녹아 검은 피가 방안에 가득하여 신체가 뜨게
되고 흉악한 냄새는 차마 맡지 못하니, 차라리 형벌로
죽는 것만 같지 못하니 보는 이마다 차탄嗟歎하여 윤
회응보輪廻應報를 눈앞에 본다 하더라.

희재의 신체는 찾을 이 없고 인심人心이 다 절치切
齒하는 고로 군기시 앞에 사람마다 막대에 꿰어 들고
효시하니, 슬프다, 사람이 자기의 근본을 생각지 않은
즉 앙화가 내리는 법이니, 제 불과 한 천인賤人 궁속
으로 다니다가 제 누이 경궁京宮에 깃들여 옥궐玉闕의
귀인貴人이 되니 분에 족하고 영화 충분하거늘, 만족
할 줄을 모르고 참담한 뜻을 두어 대역을 행하다가 이
지경이 되니, 세상 사람들에게 경계하여 조심하라는
뜻이 아니랴?

상께서 친국옥사親鞫獄事를 다 결단하시고 시월 열
나흗날을 당하시어 혼전魂殿에 친히 임하시어 제문을
지어 제사를 지내시니, 그 대강 내용을 살펴본즉 이르

---

1) 시체를 거둠.

시기를,

　현후賢后께서 운간雲間에 오른 지 이미 해와 달이 여러 번 갔는지라, 음용音容이 깊고 깊었으나 과인이 생각하고 슬퍼함은 날로 더하고 달로 더하여 전일을 뉘우치고 이제는 느껴 한이 골수에 사무쳤거늘 누가 오히려 현후로 하여금 간인奸人의 작해作害를 입어 비운에 추명하실 줄 알았으리요. 대역간인大逆奸人이 국모 곡계國母曲計할 양으로 신당을 베풀고 안으로 요사妖邪를 묻어 흉한 넋의 해가 후의 신상에 비칠 줄 뉘 알았으리요?

　별증別症을 참지 못하시던 일을 생각하면 심장이 뛰는지라, 후의 현덕과 지선至善한 성품으로 어찌 간인의 해를 입으며, 민씨의 집 음덕蔭德[1]이 깊고 후하거늘 어찌 도움이 무심한지고.

　차희嗟噫[2]라, 이는 과인이 덕이 없고 총명하지 못하여 간흉을 미리 방지할 줄 몰라 큰 화를 스스로 얻음이로다. 뉘우친들 무슨 소용이 있으리요. 후는 비명에 돌아가고 간인은 화당華堂에 안거하니, 후의 영혼이 운소雲霄에 비겨 있어 과인을 한함이 깊었더라. 오, 슬프도다! 누가 죽으면 아는 게 없다고 하드뇨? 후의 일월 같은 정신이 흩어지지 않아 혼魂이 밝고 백魄이 투철한지라, 혼몽魂夢을

____

1) 조상의 덕. 2) 슬프도다.

빌려 가르침이 분명한지라, 이 어찌 돌아갔다고 하리요?
맹연히 깨달아 간흉을 잡아 요사스러운 얼孽을 숙청하
니, 요악한 허리와 간사한 머리를 부월斧鉞과 짐독鴆毒으
로 죽이도다. 후의 원통하고 억울한 수한讐恨을 갚음이
분명하되 사자死者는 불가부생不可復生[1]이라. 후를 일으
키지 못하니 지통함이 더하고 설분雪憤함이 쾌하지 못하
도다.

오, 슬프도다! 후의 정령精靈도 유명간幽明間에 더욱 슬
퍼하리로다.

석일昔日에 후의 지인지감知人之鑑[2]이 영특하사 간인을
근신近信치 말라 하시되, 과인이 어두워서 깨닫지 못하고
큰 화를 자취自取하였으매, 이제 후의 명령明靈의 가르침
이 없었던들 반드시 원수를 갚지 못하고 도리어 요얼이
궁중에 가득하여 위망危亡을 볼 것이로되 명령의 가르침
을 입어 궁내를 숙청肅淸하고 과인의 어두운 매명昧名[3]을
면하게 되었도다. 요인妖人이 후의 생전 해인害人이요 사
후 원수로, 후의 체모가 높고 덕이 두터워 세자 애휼함
이 기출己出에 지나고 세자를 고념顧念하여 화를 자취함
이로다.

현재賢才라! 후의 명철한 덕성이 생전 신민臣民에 들리
고 사후 밝은 정령이 일국의 원을 풀었도다.

---

1) 다시 살아날 수 없음. 2) 사람을 알아보는 감식. 3) 사리에 어둡고 어리석
다는 이름.

　오! 슬프도다! 후의 정령이 명명明明히 살피는지라. 과
인의 이렇듯 슬퍼함을 유념치 않으시느뇨?

　읽기를 마치매 곡성이 절절애애切切哀哀하시니 좌
우 우러러 눈물을 금치 못하고 궁중이 새로이 골몰 망
극해하되 세자가 계신 고로 감히 말을 못하나, 인사를
아신 후 당신 어머니 때문에 한이 되시나 중궁전 성모
聖母의 은애恩愛를 받자와 지성이 극진하시더니 뜻밖
의 화변을 만나사 처신을 어떻게 하실 줄 모르사 죄인
을 자처하고 여러 번 상소하시어 청죄하시고 동궁의
자리를 사양하시니 상께서 추연히 감동하시어 이르시
기를,
　"어미의 죄로 무죄한 자식을 폐하리요? 이런 말은
다시 마라."
　세자께서는 오히려 두문불출杜門不出하시고 위위位에
임하지 않고 사양하시매, 상께서 불러 자리에 앉히시
고 손을 잡아 타이르시며 한탄하여 이르시기를,
　"네 어미의 앙화가 자식에게까지 미쳐 골수에 병이
들고 진퇴무안進退無顔하여 말이 이러니 네 어미의 죄
는 다시 죽을 만하고 내 마음은 아프니라. 부자父子는
천성지친天成之親이라 아예 용서하니 그리 알아라. 자
식이 어찌 거슬리리요. 다시 이런 말을 마라."
하시니, 세자께서 머리를 조아려 흐느껴 우시고 성은

聖恩에 감격하시어 마지못해 위位에 서시나 평생 무관한 자리로 아시더라.

선달에 장차 발인發靷[1]하실 때 또 제문을 지어 가라사대,

오! 슬프도다. 현후는 명가현원名家賢媛이요, 학자교훈學者敎訓을 얻었도다. 가례嘉禮하여 입궐하매 위로 대비께 대희심大喜心하심을 받잡고 아래로 만궁의 추복趨服[2]함을 입었도다.

정사에 기틀이 완전하서 내조內助로도 덕이 빈빈彬彬[3]하더니, 국운이 불행하고 과인이 박덕하여 후의 덕성德性으로도 수를 누리지 못하시니 오! 애닯도다, 후의 자취를 어느 곳으로 향하여 따라가 반기며 과인의 의심된 곳을 누구와 더불어 해석하리요.

혼전魂殿을 찾아와 영구靈柩를 대한즉 오히려 후의 음용音容을 대한 듯하더니, 일월이 유매流邁[4]하여 장례 박두迫頭하니 후의 음용과 영구가 길이 궐중을 떠나게 되니 과인이 스스로 미친 듯하고 취한 듯하니 후의 영靈이 있을진대 또한 유념하여 느끼리로다.

후는 돌아가매 생전 꽃다운 덕이 빛나고 사후 슬퍼하

---

1) 상여가 집에서 떠남. 2) 우러러 받들며 복종함. 3) 문물이 성해 빛남. 4) 빨리 흐름.

오니 만천하에 영명이 더욱 빛나니 비록 세상에 없으나 있는 것 같거니와, 과인은 길고 긴 세상에 전과를 뉘우치고 유한遺恨이 자심하니 이 아픔을 어찌 견디리요. 이 세상에서의 산해山海 같은 은의恩義를 느끼어 영결하매 능의 우편을 비워놓고 훗날 동폄同窆하기를 꾀하오니, 천추만세에 체백體魄을 한가지로 누리리로다.

인산하신 후엔 슬퍼하심을 더욱 참지 못하시고 민문閔門에 은영恩榮을 자주 내리사 예우하심을 나타내시되, 민부閔府에서 더욱 송구하고 황송하여 겸손히 사퇴하여 긍긍업업兢兢業業[1]하며 갈충보국竭忠輔國하더라.

나라 체면에 곤위坤位를 비우지 못하므로 조정이 아뢰되 상께서 슬퍼 듣지 않으시더니, 대신이 여러 번 아뢰니 마지못하여 중궁 간택을 하시어 경은부원군慶恩府院君 김주신金柱臣의 따님[2]을 뽑으사 임오년壬午年[3]에 책봉왕비冊封王妃하시고, 조하를 받으실 새 옛일을 추모하시어 용루龍淚 떨어져 용포를 적시니 비빈 궁녀 다 서러워 흐느껴 울었더니라.

훌훌이 삼년상을 마치시매 슬퍼하심이 세월이 갈수록 그치지 않으사 후의 유언을 좇아, 후를 모시고 육

---

1) 무척 조심함. 2) 인원왕후仁元王后 김씨. 3) 숙종 28년(1702).

년고초를 한 상궁과 가깝게 모시던 궁녀 십여 인에게 충은充恩으로 상급賞給을 많이 하사하시고 민간에 돌아가서 인륜人倫을 차리려 하시니, 여러 궁녀 황공감읍하여 대내를 차마 떠나지 못하더니라.

무술년戊戌年[1]에 창경궁 장춘헌長春軒에서 세자빈 심씨沈氏 훙薨[2]하시니 자손이 없으셨고, 그해에 다시 간선하여 함종咸從 어씨魚氏[3]로 세자빈을 책봉하시나 또 생산을 못하시고, 경자庚子[4] 유월 초파일 묘시卯時[5]에 경희궁慶熙宮[6] 융복전隆福殿에서 상께서 승하하시니 재위 46년이요, 춘추 육십 세시라. 일국 신민이 다 망극하여 그 성덕대도聖德大度와 성신문무聖神文武하심이 만대萬代의 영군英君이시라. 예로부터 참소讒訴에 속은 임금이 많으시되 우리 숙종대왕처럼 오래지 않아 확연히 깨달으시어 광명정대하신 분은 역대歷代에 걸쳐 오직 한 분뿐이시더라.

왕세자께서 즉위하시고 빈전嬪殿 어씨를 책봉왕후 하시나 상께서 병환이 계시사 농장지경弄璋之慶 못 보

---

1) 숙종 44년(1718). 2) 왕공 · 귀인의 죽음을 높여 부르는 말. 3) 경종의 계비로, 함원부원군咸原府院君 어유구魚有龜의 따님. 4) 숙종 46년(1720). 5) 하루를 12시로 나눈 것 중 넷째로 오전 5시 ~ 7시 사이를 가리킴. 6) 지금의 신문로 2가에 있던 궁으로, 광해군 8년(1616)에 지어져 경덕궁慶德宮으로 불리다가 영조 36년(1760)에 경희궁으로 이름을 고침. 7) 경종 1년(1721) 8월임.

실 줄 아시고 이듬해 신축년辛丑年[7]에 연잉군 왕세제
王世弟[1]로 책봉하시고 군의 부인 달성達城 서씨徐氏[2]
로 세자빈을 책봉하시어 우애가 지극하시더니, 갑진
년甲辰年 창경궁 환취정環翠亭에서 승하하시니[3] 재위
4년이요, 춘추 삼십칠 세시라. 양주릉楊州陵에 장사하
옵고 왕세제께서 즉위하시니 이 어른이 곧 영조대왕
英祖大王이시라.

효의孝意가 출천出天하시며 요순堯舜의 도덕이 계
시어 오십여 년 태평을 누리시니 숙종대왕의 성덕 여
음餘蔭[4]이시라, 어러 게신 때부터 민대비閔大妃 무애
撫愛하시던 은혜를 잊지 못하시어 추모하심을 세월과
함께 더하시고, 명철성덕을 지니셨음에도 무자無子하
셨음을 크게 슬퍼하시어, 즉위하신 뒤로 안국동 본궁
本宮에 거둥하시어 육년고초를 하시던 당堂을 둘러보
시고 대성통곡하시고 현판懸板을 들여 어필御筆로 감
고당感古堂[5]이라 하시고, 수래골 민판서 집은 여양부
원군 형님 집이라 인현왕후 탄생하시던 집이니 또 거
둥하시어 둘러보시고 돌비를 세워 '인현성후 탄강구
기'라고 어필로 쓰시고 민씨 일문에 은혜를 형특히

---

1) 왕위를 이을 동생. 2) 달성부원군 서종제徐宗悌의 따님으로, 영조의 왕비
인 정성왕후貞聖王后임. 3) 경종 4년(1724) 8월 25일. 4) 선조가 끼친 공덕
으로 자손이 받는 복. 5) 지금의 덕성 여자 중ㆍ고등학교 본관 서쪽에 있는
기와집.

내리시니 이 또한 인현왕후 겸공비악謙恭非惡하신 덕으로 천심天心을 감동시킨 때문이더라.

주周나라 임사姙姒[1]의 성덕이 천추만대에 유전遺傳하고, 아조我朝의 인현성비仁顯聖妃의 성덕이 주나라 임사 다음에 처음이시라 어찌 아름답지 않으리요. 수래골 집과 안국동 집은 민씨 대를 물리어 옮기지 못하느니라.

민후께서 출궁하신 후 장빈이 안으로 내응內應하고 간신이 밖으로 모의하여 후에게 사약賜藥하고 민씨 일문을 멸하고자 기회를 엿보나 천심이 허락지 않으시더니, 수년 후부터 깨달음이 계셔 만단 의심스러운 일에 대하여 고요히 생각하시더니, 임신년壬申年[2]에 일몽을 얻으시니 명성대비明聖大妃[3] 안색이 진노하시어 상을 책망하여 이르시되,

"중궁은 동국東國의 성녀요, 과인의 사랑하는 바이어늘 폐출하고 요악한 천인賤人을 대위大位에 올리니 종묘사직이 욕된지라, 제향祭享도 흠향歆饗[4]도 아니하노라."

하시고 노색怒色으로 떨쳐 일어나시어 옥교를 타시고 후원 문으로 하여 중궁을 보러 가노라 하시거늘, 상께

---

1) 태임太姙과 태사太姒. 2) 숙종 18년(1692). 3) 숙종의 생모 되시는 김씨, 현종의 비. 4) 신명神明이 제물을 받음.

서 황황하시어 따라가시니 앞뒤 문을 꼭꼭 봉하고 집 가운데 풀과 먼지가 무성하거늘 한곳 소당에 다다라 보시니 민후께서 무색한 의복으로 천의天意를 바라고 앉아 계시다가 대비를 뵈옵고 눈물을 흘려 사은하시니, 대비 붙들고 애연 통곡하시며 말씀하시기를,

"이는 다 전생의 원수로 액운이 태심太甚하나 오래지 않아 천운天運이 필시 돌아올 것이니 스스로 보중保重하여 간인의 뜻을 모색치 마라."
하시니, 중궁을 모신 궁인이 일시에 통곡하는 소리에 놀라 깨시니 침상의 일몽이라.

대비전의 용안이 완연 명백하시고 민후의 거처하고 계신 집과 근신하사 죄인 겸양한 모습이 처량하시거늘, 도리어 슬퍼하사 감창함을 종일 정하지 못하시고 애연한 마음이 계시니 즉시로 환탈還奪[1]하고자 하시나, 국체 중난國體重難하여 경솔하게 못 하시는 고로 묵묵히 참으시고 기색을 액정에 근시하시고 측근자를 놓아 염문廉問하시니 이때 액정 소속은 다 궁인의 족속이라, 중궁은 그네들의 한이 되었더니 이때를 타서 폐후의 자처 죄인하시고 인적이 그친 말씀과 민씨의 충공 정념忠恭貞念하여 근신하는 바를 천심이 감동하시도록 아뢰니 상께서 꿈과 같으신 줄 아시고, 간인의

---

1) 이전대로 다시 빼앗음.

참소하는 바는,

"중궁이 일찍이 생각 밖으로 외인外人을 상종하고 인심을 모아서 대역을 도모하고 신령께 축원하여 상을 방자放恣하더라."

하니, 상께서 들으시는 체하시고 천위묵묵天威默默하사 민씨를 두호하시게 된 것이더라.

갑술년甲戌年에 환탈하시어 급급히 복위하시고 국사 여가에는 중궁전을 떠나지 않으시더니 하루는 상上께서 이르시기를,

"입궁하심을 그토록 고집하여 과인으로 하여금 답답하게 하셨나뇨? 과인의 성질이 급하여 참지 못하니 사리를 깊이 생각지 못한 게 회지무급悔之無及[1]이라. 내가 장녀를 먼저 폐하고 과인이 친림 거둥하여 후를 맞아왔더라면 체모도 극진하고 중궁께도 영화와 체위 자중할 것을, 내 미처 생각지 못하였으니 애달프오이다."

후께서 손사遜辭하사 성심聖心이 이렇게 미치심을 사례하셨더라.

세자께서 매양 앞에서 놀 때, 아름다운 실과와 빛난 꽃을 갖다가 후께 드리고 상께 아뢰시기를,

"영숙궁 모친은 어진 기운이 없고, 새로 오신 모비

---

1) 후회해도 미치지 못함. 후회막급.

母妃는 얼굴조차 착하셔요."

하셨더라.

하루는 산호로 꾸민 칼 한 자루를 갖다가 후께 드리며,

"이것이 곱사오니 차웁소서."

하셨더라.

복위하시던 날, 상께서 내전에 들어오시어 부원군 작호를 친히 써서 내리시면서 후께 이르시기를,

"전 부부인[1] 작호는 생각나되, 지금 부부인[2] 작호는 생각지 못하니 무엇이뇨?"

하시니 후께서 아시면서 대답하시어,

"상께서 생각지 못하시니 또한 생각지 못하나이다."

상께서 미소 지으시며,

"후는 태사太姒라, 어찌 생각지 못하시리요?"

하시매, 깊이 생각하시다가 깨달으시고 작호를 써서 조정에 내리시니 후께서 척연히 슬퍼하시나 나타내지 않으시더라. 조정에서 친필로 하교하시는 은영恩榮을 감축하고 흠복할 따름이더라.

민씨 집안의 여러 사람에게 새 벼슬을 주어 부르신대, 황공불감惶恐不敢하므로 사양하고 입조入朝치 않

---

1) 숙종의 처음 왕비의 부친 광성부원군光城府院君 김만기金萬基의 부인을 말함. 2) 인현왕후의 생모 송씨를 말함.

으매, 상께서 여러 번 은혜 형특하신 고로 마지못해
입조하니 충렬忠烈이 새로이 늠연凜然한 고로, 상께서
예우禮遇하심을 극진히 하시고 후께 이르시기를,
  "평생에 즐겁고 기쁜 일이 없더니, 중궁이 다시 복
위하시매 그보다 더 기쁜 일이 없도다."
하시더니라. *

국문학사상 3대 궁중수필의 하나로 불려

이 상 보

(문학박사 · 국민대 명예교수)

〈인현왕후전仁顯王后傳〉의 본디 이름은 〈인현왕후덕행록仁顯王后德行錄〉인데 사본에 따라 달리 〈인현왕후성덕현행록仁顯王后聖德賢行錄〉, 〈인현성모덕행록〉, 〈인현성모민씨덕행록〉, 〈민중전閔中殿 인현왕후덕행록〉, 〈민중전덕행록〉, 〈민중전기〉, 〈민중전전〉, 〈민중전중흥일기〉 등으로 불리기도 한다. 지금까지 저마다 다른 한글 필사본이 15종 이상이 전하며 또 옛 활자본으로 〈민중전실기〉도 있다.

〈인현왕후전〉은 〈서궁일기西宮日記〉(일명 계축일기) · 〈읍혈록泣血錄〉(일명 한중록)과 함께 국문학사상 3대 궁중수필의 하나이다. 이것을 지은이와 지은 때는 알 수 없으나 정조 때에 어떤 궁녀가 적어놓은 것을 여러 사람들이 전사해 오는 과정에서 그 내용이 조금씩 바뀌었다. 심지어는 역사소설로 고쳐 쓴 것까지 나왔다.

이 책은 조선조 숙종의 계비 인현왕후(1667~1701)의 일생을 기록한 것이다. 곧 태어나고 자라서 왕후로 간택되어 중전이 되었으나 장희빈의 농간으로 폐비가 되고, 다시 복위되어 삶을 마칠 때까지의 행적을 사실대로 적어놓았다.

인현왕후는 여양부원군驪陽府院君 민유중(閔維重, 1630~1687)의 따님으로 1681년(숙종 7)에 가례해서 숙종의 두번째 왕비가 되었다. 그러나 1689년(숙종 15)에 왕자 균(경종)의 책봉문제로 기사환국己巳換局이 일어났을 때 장희빈張禧嬪의 무고로 폐위를 당하고 서인이 되었다. 그 뒤 1694년(숙종 20)에 갑술옥사甲戌獄事가 일어나 장희빈이 몰락하매 복위되었다. 예의가 바르고 언행이 청초했으나 소생이 없었다.

〈인현왕후전〉의 역사적 시대 배경에는 심한 당파 싸움이 가로놓여 있기에 그 내용을 이해하기 위해서는 그때의 3대 사건을 알아야 한다.

처음 기사환국은 1689년에 소의昭儀 장희빈이 낳은 아들 균을 세자로 삼으려는 숙종에게 반대한 송시열 宋時烈 등 서인西人들이 이를 지지한 남인南人들에게 패배하고 정권이 서인에게서 남인에게로 바뀐 일로 기사사화己巳士禍라고도 한다.

숙종은 장소의가 아들 균을 낳자 왕자로 삼고 장소의를 희빈으로 책봉하려고 하였다. 이에 서인들은 노론과 소론을 막론하고 숙종의 나이가 아직 29세요 민중전도 23세여서 아직 젊으니 좀더 기다리자고 했다. 그러나 숙종은 서인의 요청을 묵살하고 원자의 이름을 정하고 장희빈을 책봉했다. 송시열이 두 번이나 상소하며 반대하자 남인 이현기李玄紀 · 남치훈南致薰 · 윤빈尹彬 · 이익수李益壽 등이 이를 반박하니 숙종은 송시열을 파직하고 제주도에 귀양시킨 뒤 사사賜死했다. 또한 송시열의 의견을 따른 김수흥金壽興 · 심수항金壽恒 등이 유배되고, 박태보朴泰輔는 친국을 당하고 귀양가는 길에 장독으로 죽었다. 그런 뒤에 남인 목내선睦來善 · 김덕원金德遠 · 민암閔黯 · 권대운權大運 · 여성제呂聖齊 등이 정권을 잡게 되었다.

다음 갑술옥사는 1694년에 소론의 김춘택金春澤 · 한중혁韓重爀 등이 폐비 민씨의 복위운동을 펴자 집권하고 있던 남인의 민암 등이 이들 수십 명을 체포하고 소론의 대두를 막으려 했다. 그러나 숙종은 폐비사건을 후회하고 남인의 행동을 미워해서 민암을 사사하고, 권대운 · 목내선 · 김덕원 등을 유배시키며, 소론의 남구만南九萬 · 박세채朴世采 · 윤지완尹趾完 등을 등용하고, 이미 죽은 송시열 · 김수항 등을 다시 복직시켰으니 이로부터 남인은 축출되고 소론이 집권하게 되었다.

　장씨도 희빈으로 강등되어 별궁으로 쫓겨나고, 민씨는 폐위된 지 6년 만에 복위되었다. 그 뒤 민씨가 이름모를 질병으로 죽은 다음에 장희빈이 취선당 서쪽에 신당을 설치하고 민비를 무고한 일이 발각되어 장희빈과 장희재를 비롯한 궁녀와 무녀들이 처형되었다. 이 일에 장희빈에게 관대한 태도를 취한 남구만·최석정崔錫鼎·유상헌柳尙憲 등도 몰락하게 되니 다시 노론이 득세하게 되었다. 이를 무고巫蠱의 옥獄이라고 한다.

　이렇듯 숙종 때는 당파 싸움이 심했으니 인현왕후도 그 소용돌이 속에 휘말리게 되어 서른네 살로 파란만장의 한 평생을 마감한 것이다.

　이러한 비극을 서포西浦 김만중金萬重은 소설 〈사씨남정기謝氏南征記〉로써 여실히 표현했는데 수필 〈인현왕후전〉과 표리를 이루고 있다.

　광복 직후에 가람 이병기李秉岐 님이 자신이 간직했던 필사본을 박문출판사에서 문고본으로 간행함으로써 이것이 세상에 널리 알려지게 되었고, 또 1971년에 가람본을 바탕으로 본인도 을유문화사에서 〈교주 인현왕후전〉을 펴낸 바가 있다.

　이 책은 국립중앙도서관에 소장된 필사본 〈인현왕후성덕현행록〉을 바탕으로 풀어쓴 것이다. 그 줄거리는 민씨의 본관과 가계로부터 시작되고, 숙종이 인현 왕후에게 중궁의 복위를 가장 기쁜 일이라고 말함으로써 끝을 맺는다. 여기에 주요한 작중 인물들을 간략히 살펴봄으로써 작품의 이해에 도움을 주고자 한다.

숙종肅宗(1661~1720): 조선 19대 왕. 재위 1674~1720년. 현종의 아들. 어머니는 명성왕후 김씨明聖王后 金氏. 비는 김만기金萬基의 딸 인경왕후仁敬王后. 계비는 민유중閔維重의 딸 인현왕후仁顯王后. 제2계비는 김주신金柱臣의 딸 인원왕후仁元王后. 1667년(현종 8) 왕세자에 책봉되고, 1674년 즉위, 이 해 제2차 예송禮訟으로 남인의 대공설을 지지하고 기년설을 주장한 서인을 배척하여 남인정권을 수립했다.

1680년 경신대출척庚申大黜陟, 1689년 기사환국己巳換局, 1701년 신사무옥辛巳誣獄 등 격심한 당쟁을 겪었다. 그러나 대동법大同法을 시행하고, 토지개혁을 매듭지었으며, 주전鑄錢의 통용으로 경제를 바로잡았다. 특히 압록강변에 무창茂昌·자성慈城의 2진을 신설해서 옛 영토 회복운동을 시작하고, 1712년 백두산 정상에 정계비를 세워 국경을 확정했다.

한편 쟁쟁한 학자들을 배출시켜 성리학의 전성기를 이룩하고, 〈선원록璿源錄〉·〈대명집례大明集禮〉·〈대전속록大典續錄〉·〈신증동국여지승람新增輿地勝覽〉 등을 간행하게 하였다. 또 사육신을 복관시키고(1691), 노산군魯山君의 묘호廟號를 단종端宗으로 올리며 (1698), 민회빈愍懷嬪(소현세자빈昭顯世子嬪) 강씨姜氏를 복위시켰다. 시호는 현의顯義이며, 능은 명릉明陵으로 경기도 고양에 있다.

인현왕후仁顯王后(1667~1701)：숙종의 계비繼妃. 본관은 여흥驪興. 여양부원군驪陽府院君 민유중閔維重의 딸. 1681년(숙종 7) 가례를 올렸으나 소생이 없자 왕자 균의 세자책봉 문제로 기사환국이 일어났을 때 장희빈의 무고로 폐위 서인이 되었다가 1694년(숙종 20) 갑술옥사로 복위되었다. 존호는 효경숙성장순孝敬淑聖莊純이요 휘호徽號는 의열정목懿烈貞穆. 명릉이 고양에 있다.

인경왕후仁敬王后(1661~1680)：숙종의 비妃. 본관은 광주光州. 광성부원군光城府院君 김만기金萬基의 딸. 1671년 세자빈에 책봉되어 가례를 행하고, 1674년 왕비에 진봉되었다. 존호는 광렬효장명현선목혜성光烈孝莊明顯宣穆惠聖으로 고양에 익릉翼陵이 있다.

민유중閔維重(1630~1687)：숙종의 장인. 호는 둔촌屯村. 본관은 여흥. 민광훈閔光勳의 아들. 좌의정 민정중閔鼎重의 아우. 인현왕후의 아버지. 송시열·송준길의 문인. 1650년 문과급제하고 승문원을 거쳐 예문관에 보직되었다. 1674년에 자의대비의 복상문제 때 호

조판서로서 대공설大功說을 지지하고, 1681년 여양부
원군에 봉해졌다. 노론의 중진으로 경서에 밝았다. 영
의정에 추증되고 시호는 문정文貞이다. 효종의 묘정
에 배향되고, 장흥의 연곡서원淵谷書院과 벽동의 구봉
서원九峯書院에 제향되었다. 문집으로 〈민문정유집閔
文貞遺集〉이 있다.

　송시열宋時烈(1607~1689) : 학자. 본관은 은진恩津.
호는 우암尤庵. 송갑조宋甲祚의 아들. 김장생金長生과
김집金集 부자의 문인. 1635년 봉림대군鳳林大君(孝宗)
의 사부가 되고, 이듬해 병자호란에 왕을 남한산성에
호종扈從, 1637년 화의가 성립되자 낙향했다. 뒤에
1649년 효종이 즉위하자 장령掌令에 등용되고, 세자
시강원진선世子侍講院眞善을 거쳐 집의執義가 되었으
나 그때 집권당인 서인 중에서도 청서파淸西派에 속했
던 그는 공서파功西派인 김자점金自點이 영의정으로
발탁되자 사직하고 낙향하였고 이듬해 김자점이 파직
되자 진선에 재임되었다. 1658년 찬선贊善이 되고, 이
조판서에 승진해서 효종과 함께 북벌계획을 추진했으
나 이듬해에 효종이 죽자 북벌계획은 중지되었다. 이
때 효종의 장례로 자의대비의 복상문제가 제기되자 3
년설을 주장하는 남인에 대하여 기년설朞年說, 만 1년
을 건의하여 이를 채택케 함으로서 남인을 제거하고
정권을 장악하여 판의금부사判義禁府事 · 판중추부사

判中樞府事·좌참찬左參贊 등을 역임하는 동안 서인의 지도자로서 활약했다. 1660년 우찬성으로 재직중 앞서 효종의 장지를 잘못 옮겼다는 규탄을 받고 낙향했다. 1668년에 우의정이 되었으나 좌의정 허적許積과의 불화로 사직했다가 1671년 다시 우의정에 기용되고 이듬해 좌의정이 되었다. 1674년 인선왕후仁宣王后의 별세로 다시 자의대비의 복상문제가 논의되자 대공설(9개월)을 주장했으나 남인이 주장한 기년설이 채택됨으로써 실각하여 제1차 복상문제 때 기년설을 채택케 한 죄로 이듬해 덕원德源에 유배되고, 웅천熊川을 거쳐 1679년 거제巨濟에 이배移配되었다가 이듬해 청풍淸風에 옮겨졌다. 이 해 경신대출척으로 남인이 실각하자 영중추부사領中樞府事로 기용되었다가 1683년에 치사하고 봉조하奉朝賀가 되었다. 이 무렵 남인에 대한 처벌 문제가 논의될 때 과격한 방법으로 숙청을 꾀하던 김석주金錫胄의 태도를 옹호해서 소장파의 비난을 받던 중에 그의 제자인 윤증尹拯과의 감정 대립이 악화되어 마침내 윤증 등 서인의 소장파를 중심으로 한 소론과 그를 영수로 한 노장파의 노론으로 분파되었다. 그 후에 정계에서 은퇴하고 청주 화양동華陽洞에 은거했다. 1689년 왕세자(경종)가 책봉되자 이를 시기상조라 하여 반대하는 상소를 했다가 제주에 안치되고, 이어 국문을 받기 위해 상경 도중 남

인의 책동으로 정읍井邑에서 사사되었다. 1694년 갑
술옥사로 서인이 집권하자 신원되었다. 일생을 주자
학 연구에 몰두한 큰선비로 이이李珥의 학통을 계승
해서 기호학파畿湖學派의 주류를 이루고, 사단칠정론
四端七情論에 있어서 이황李滉의 이원론적인 이기호발
설理氣互發說을 배격하고, 이이의 기발이승일도설氣發
理乘一途說을 지지해서 사단칠정이 모두 이理라 하여
일원론적 사상을 발전시켰으며 예론禮論에도 밝았다.
문묘文廟 · 효종묘孝宗廟에 배향되고, 청주의 화양서
원 · 여주의 대로사大老祠 · 수원의 매곡서원 · 공주의
충현서원 · 옥천의 표충사表忠祠 · 문의의 구봉서원 ·
연산의 돈암서원 · 영동의 초강서원 · 제주의 귤림서
원 · 강릉의 오봉서원 · 익산의 화산서원 · 경주의 인
산서원 · 덕원의 용진서원 등에 제향되었다. 시호는
문정文正. 저서로 〈송자대전宋子大全〉이 있다.

박태보朴泰輔(1654~1689): 본관은 반남潘南. 호는
정재定齋. 조선 중기의 문신 판중추부사 세당世堂의
아들. 당숙인 세후世垕에게 입양. 1677년 문과에 장원
급제하고 전적을 거쳐 예조좌랑 때 시관이 되어 출제
를 잘못했다는 남인의 탄핵으로 선천宣川에 유배되고
이듬해 풀려나와 1680년 수찬修撰을 지냈다. 1682년
사가독서를 한 다음 교리 · 이조좌랑 · 암행어사 등을
역임했다.

1689년 기사환국 때 서인으로서 인현왕후의 폐위를 강력히 반대하다가 심한 고문을 당하고, 진도珍島로 유배 도중 장독으로 노량진에서 죽었다. 뒤에 영의정에 추증되고, 풍계사豊溪祠에 제향되었다. 시호는 문열文烈. 저서로 〈정재집〉이 있다.

장희빈 張禧嬪(?~1701): 숙종의 빈. 역관譯官 장현張炫의 종질녀從姪女. 어머니의 정부情夫 조사석趙師錫과 동평군東平君의 주선으로 궁녀로 들어가서 왕의 총애를 독점하여 1686년 숙원淑媛이 되고 1688년 소의昭儀로 있을 때 왕자 균(경종)을 낳아 이듬해 균이 왕자로 책봉되자 희빈으로 승격되었다. 1689년 기사환국으로 원자책봉에 반대한 송시열 등 서인이 밀려나고 남인이 정권을 쥐자 1690년 원자가 세자로 책봉되고, 폐위된 민비의 뒤를 이어 정비로 책립되었다. 그러나 1694년 김춘택 등 서인의 민비 복위운동으로 갑술옥사가 일어나 남인이 제거되고 민씨가 복위하자 희빈으로 격하되고, 1701년 죽은 민비를 저주했다는 무고의 옥에 연루해서 사사되었다.

장희재 張希載(?~1701): 본관은 인동. 장희빈의 오빠. 희빈이 숙종의 총애를 받자 금군별장禁軍別將에 이어 총융사摠戎使로 승진, 1694년 인현왕후가 복위한 뒤에 이를 투기하는 장희빈과 함께 인현왕후를 해하려는 모의를 하다가 발각되어 사형을 받게 되었으나

화가 세자에게까지 미칠까 염려한 남구만 등 소론의
주장으로 유배에 그쳤다. 1701년 인현왕후가 죽은 뒤
무고의 옥으로 장희빈이 사사되자 유배지에서 소환되
어 관련된 궁인과 무녀들과 함께 사형되었다.

인현왕후전 필사본

(범우자료실 소장)

필사본은 세로쓰기이므로 페이지를 뒤쪽부터 역순으로 보셔야 합니다.
(252-138쪽)

셩심이 이ᄀᆞᆺ치 미차시믈 시ᄭᅴ ᄒᆞ시어 ᄅᆡ 세견ᄆᆡ잉
아ᄅᆞᆯ 뫼셔 노다 사 아 랑다온 시ᄒᆞ라와 비상으로 ᄒᆞᆷᄭᅴ ᄒᆞ시
후 ᄅᆡ ᄃᆞ려 ᄒᆞ오 ○샹이 ᄃᆞ ᄒᆞᆷᄭᅴ 궁ᄒᆞᆯ오 ᄯᅢ 영춘궁 보ᄂᆞᆫ 여진
리 ᄋᆞᆫ 이어ᄇᆡ 녀ᄒᆞ오시ᄆᆞᆯ 비ᄂᆞᆫ 어ᄂᆞᆯ ᄃᆞᆯ도 ᄎᆞᆨ ᄒᆞ샤
이라 ᄒᆞ시어 라 비ᄅᆞᆫ 어ᄉᆞᆫ ᄒᆞ오ᄅᆞᆯ 주미 ᄎᆞᆫ ᄒᆞ다 ᄒᆞᆼᄒᆞ시
다 후ᄃᆡ ᄃᆞ리시ᄂᆞᆫ 와ᄅᆞᆯ 모ᄅᆞ 어ᄂᆞᆫ ᄃᆞᄒᆞ이 이 되ᄒᆞᆯ ᄃᆡ ᄉᆞᄒᆞ여 되 ᄉᆞ셔
ᄒᆞ시니 ○샹과 휘 기ᄇᆡ히 우ᄋᆞᆼ 자 쳐라 ᄃᆞ ᄒᆞ 중복 원ᄒᆞ시
뎐 낭ᄅᆞᆯ 인 면 ᄃᆞ 뎐의 서 복 원주 ᄉᆡᆨ ᄒᆞᄅᆞᆯ ᄎᆡ 히 ᄒᆡᆼ 나 되
우시ᄒᆞ며 ᄒᆞ 리 보어 ᄒᆞᆯ오사 ᄃᆡ 쳔 보 ᄃᆞ 인 ᄒᆞ ᄒᆞ ᄂᆞᆫ 셩
각 ᄒᆞ셔 지 즁 ᄇᆞ 이 ᄂᆞᆫ ᄒᆞ 오 ᄂᆞᆫ 셩각 지 못 ᄒᆞ ᄂᆞ 보 어서
ᄂᆞᆯ ᄒᆞ시니 휘 낭을 ᄒᆞ 되 뎌 ᄒᆞᆯᄅᆞᆯ 샹 희 이ᄂᆞᆯ 롯ᄂᆞᆫ 이ᄒᆞ여
어ᄇᆡ ᄉᆞ녀 ᄯᅩ ᄒᆞᆯ 셩각 지 못 ᄒᆞ나 이 랑 ○샹이 이ᄀᆡ ᄃᆞ 형ᄉᆞ
오 의 ᄃᆞ 그 ᄒᆞ 오사 ᄃᆡ 어 ᄉᆞ 지 셩각 지 못 ᄒᆞ 시 되 오 비 ᄂᆞᆫ ᄒᆞ

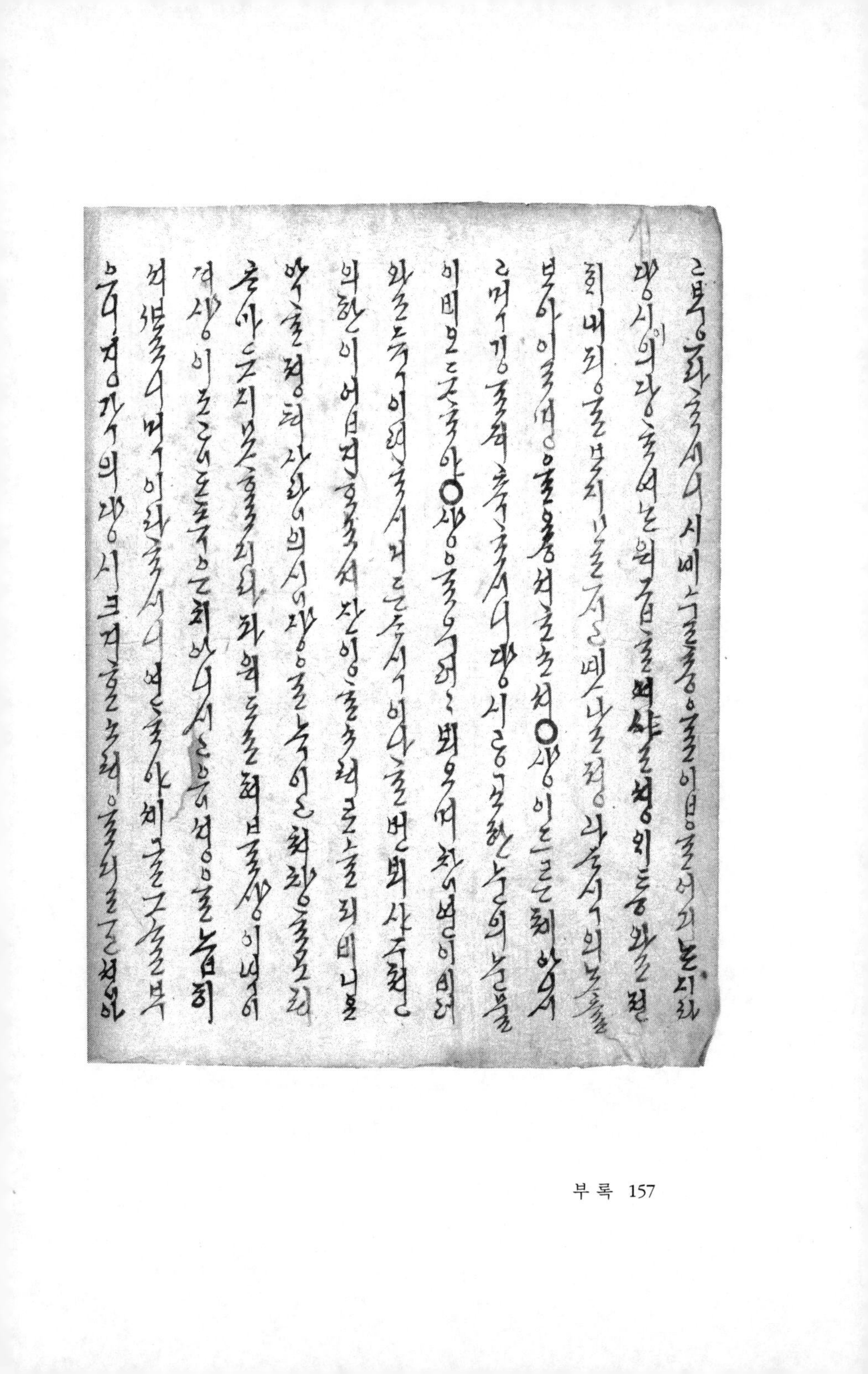

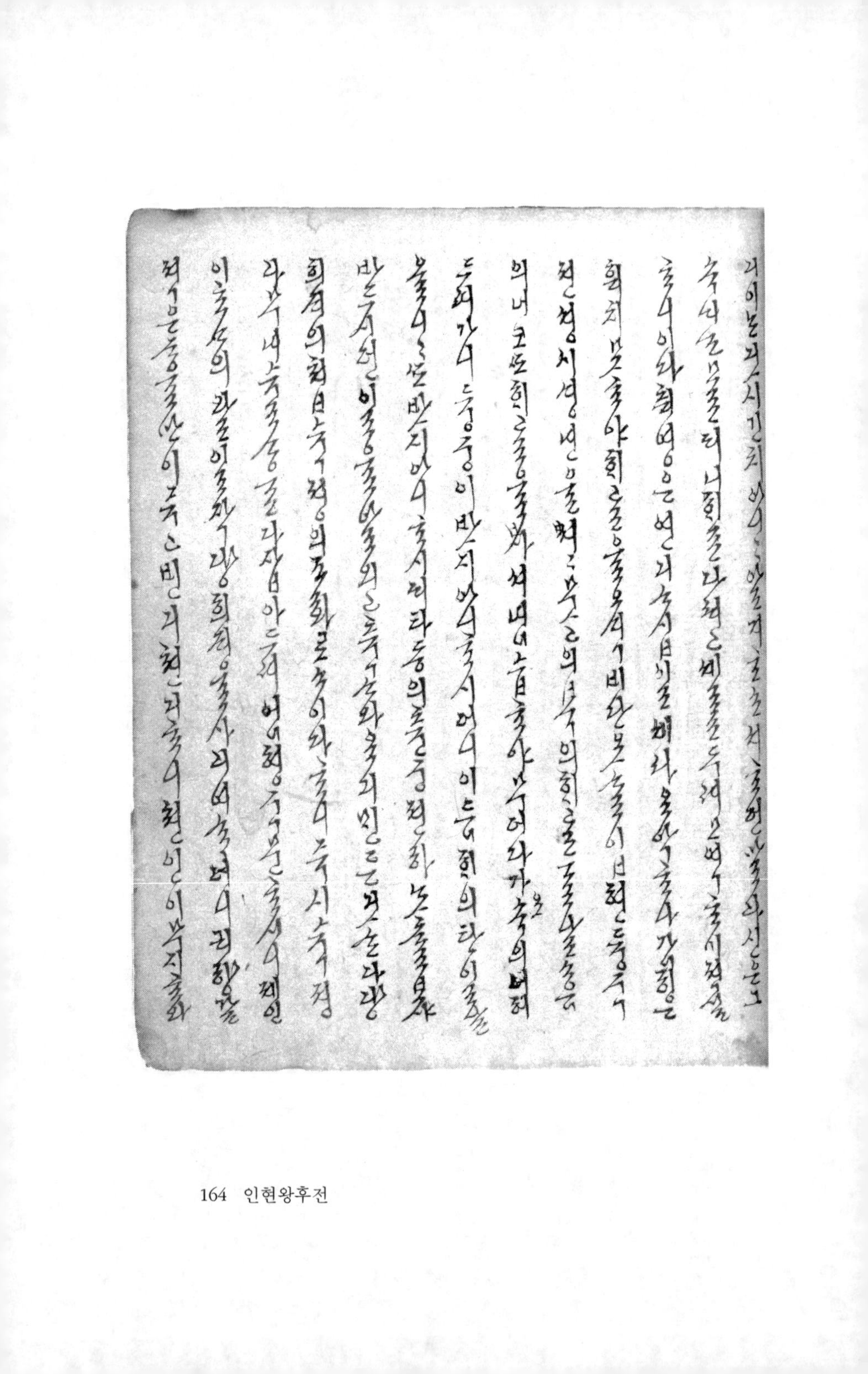

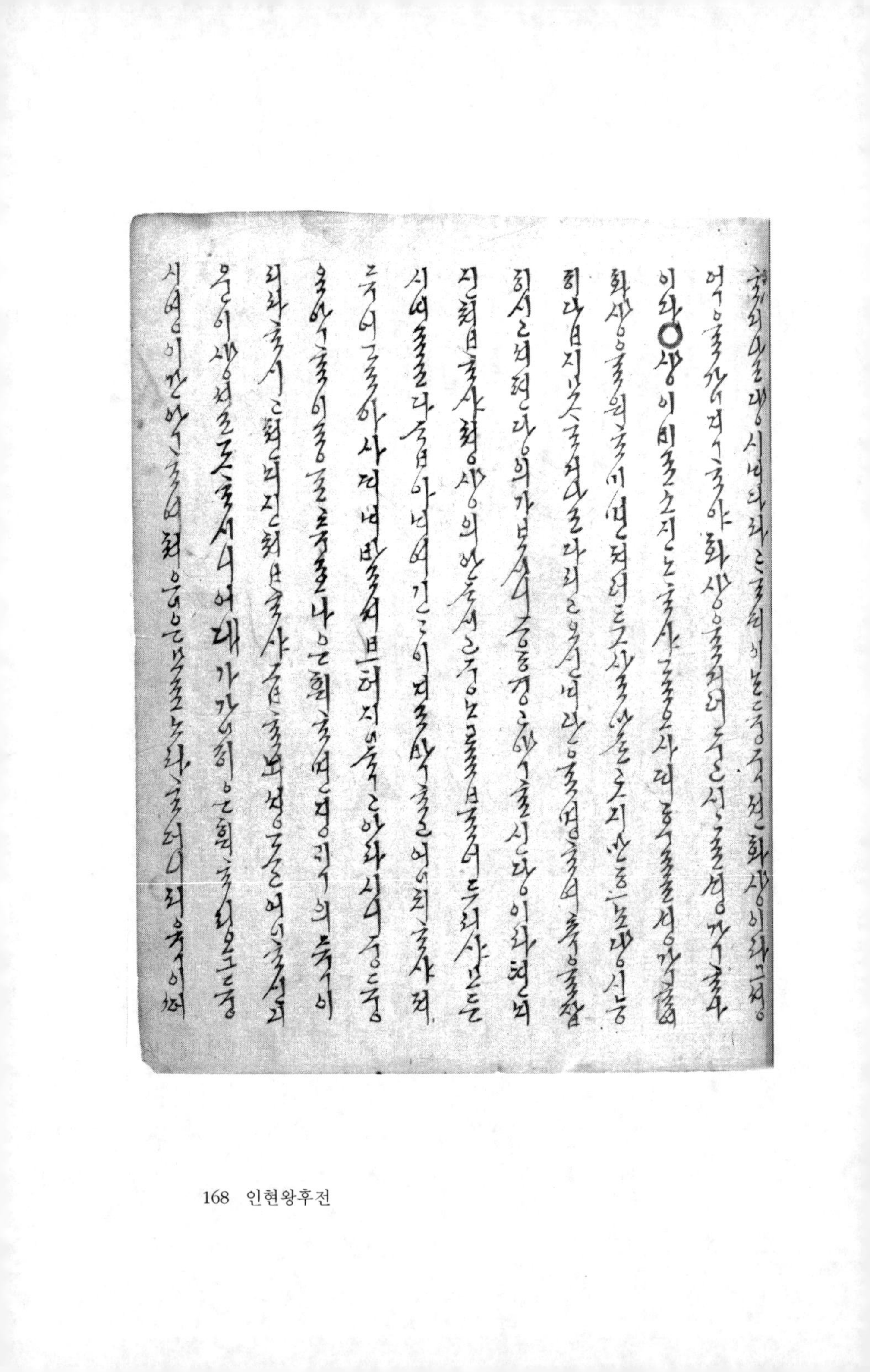

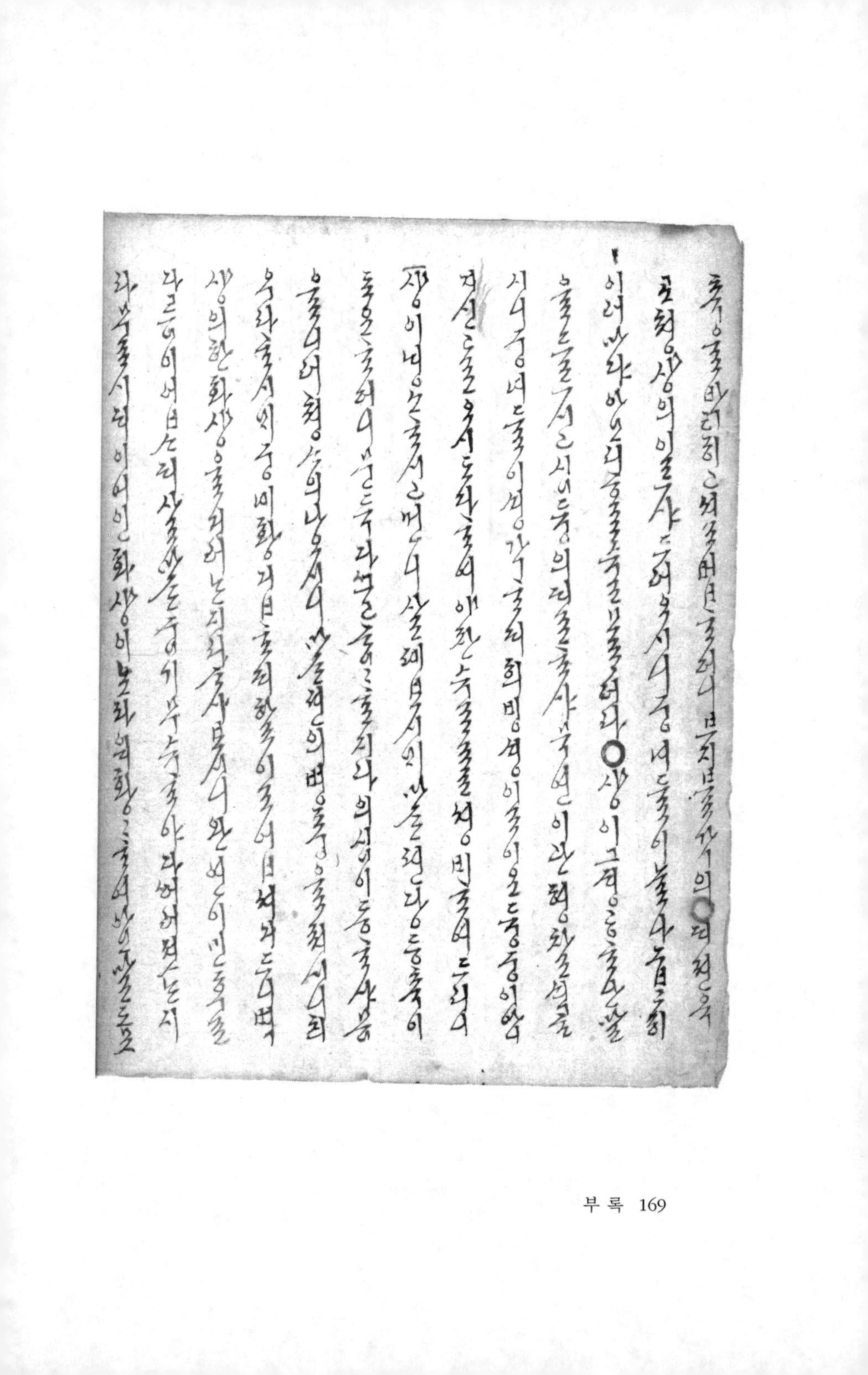

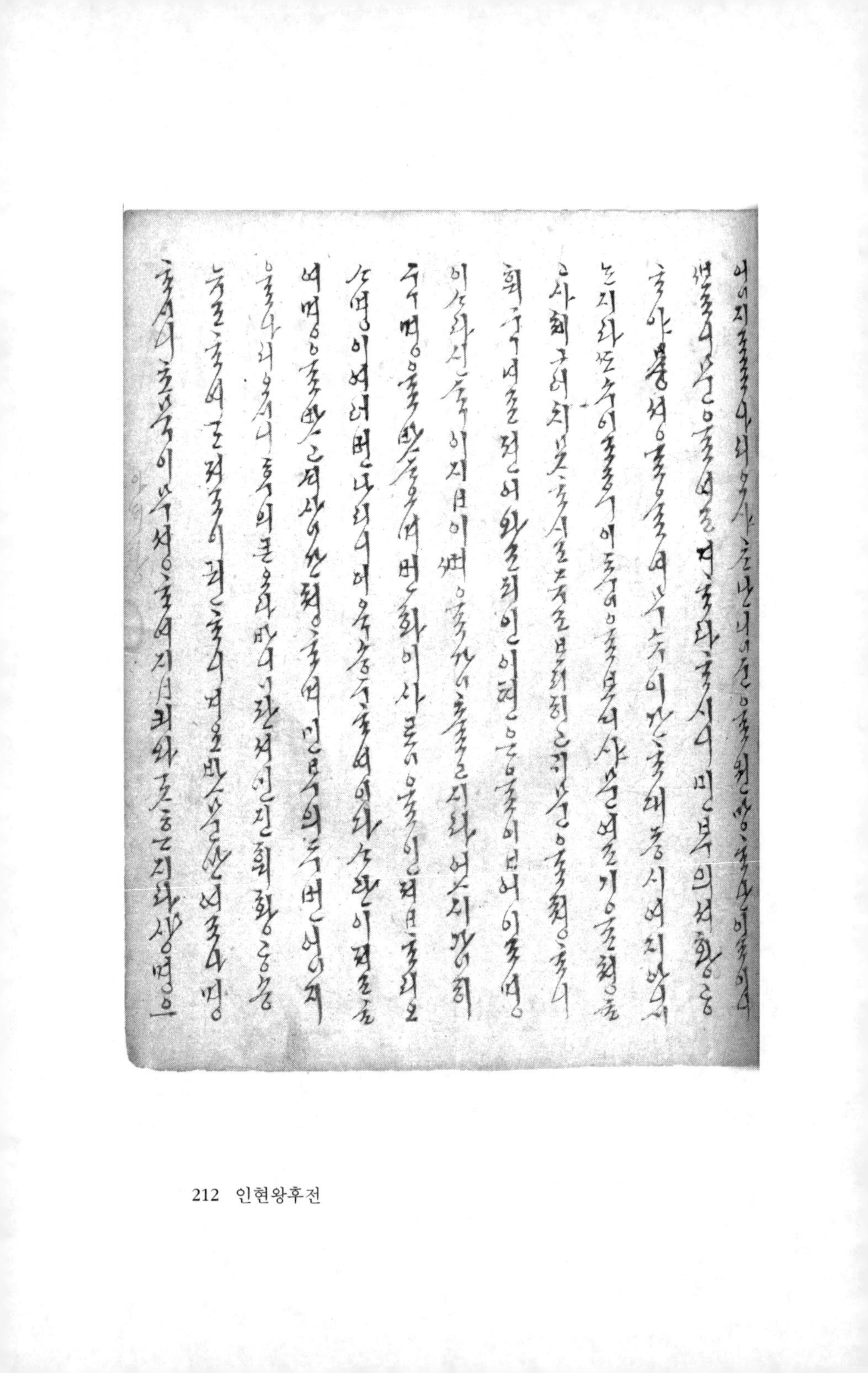

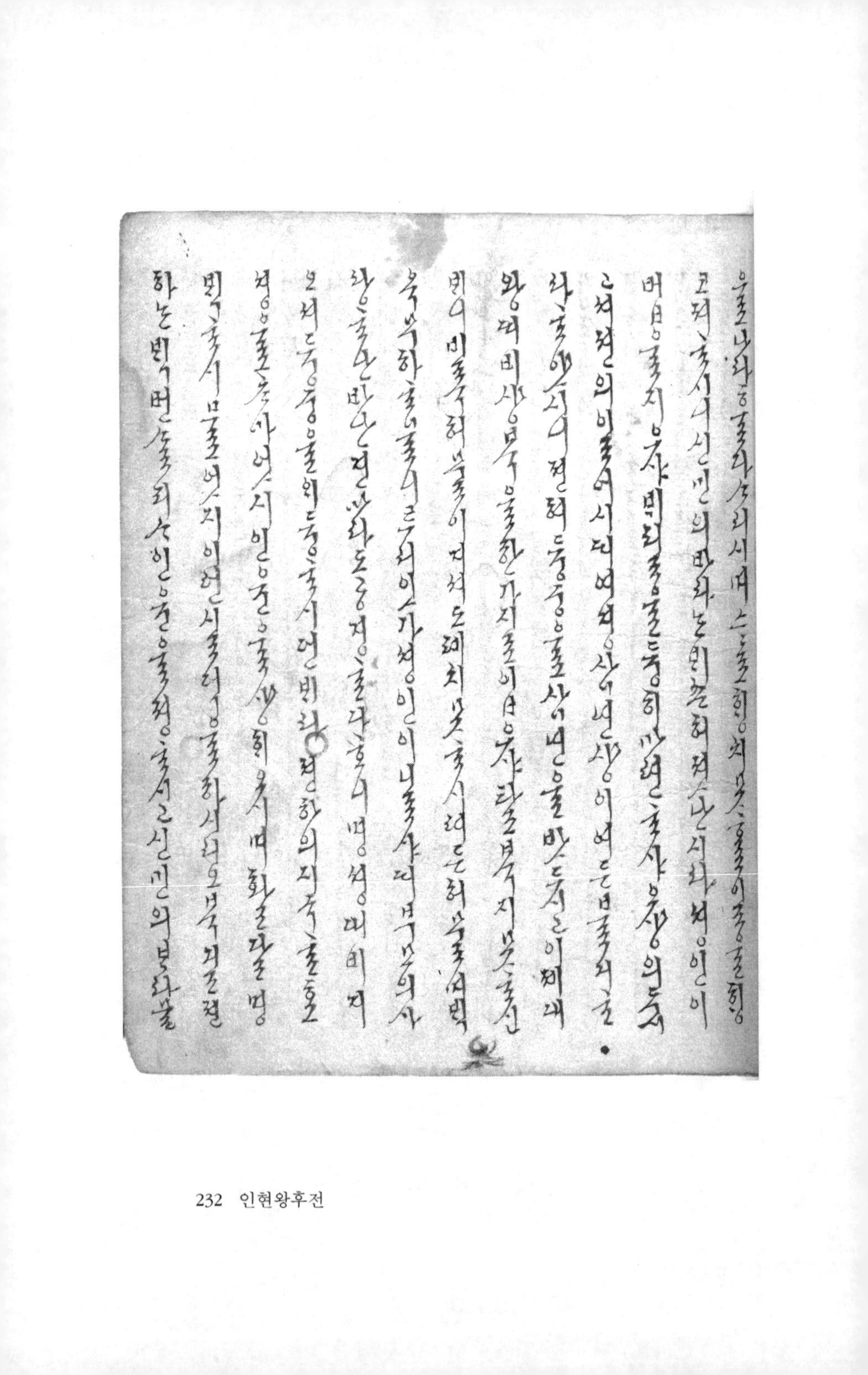

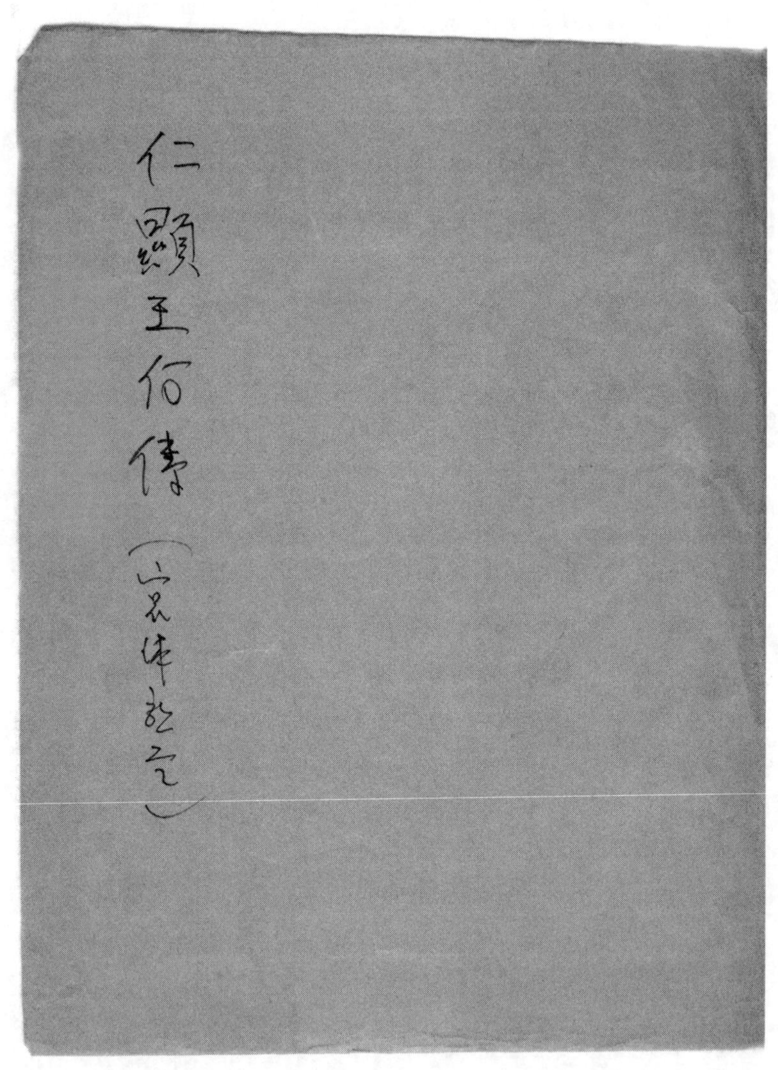

仁顯王后傳
（一名閔妃傳）

▨ 주해자 소개
국문학자 · 전주대 교수.
연세대 국문과 및 동 대학원 졸업(문학박사).
한양대 · 연세대 교수 역임.
하버드대 · 호주 국립대 등에서 한국어문학 강의.
제5회 한국문학평론가협회상 수상.
제9회 현대시인상 수상.
저서 : 평론집《문학과 전통》《한국고전문학사》《현대문학사》
주해서 :《춘향전 · 심청전》,《흥부전 · 조웅전》 등.

인현왕후전

1987년	7월	30일	초판	1쇄	발행
1994년	4월	30일	2판	1쇄	발행
2003년	5월	20일	3판	1쇄	발행
2006년	10월	25일	3판	2쇄	발행

지은이　　미　　　　상
주해자　　전　　규　　태
펴낸이　　윤　　형　　두
펴낸데　　**범　우　사**

출판 등록 1966. 8. 3. 제 406－2003－048호
413-756 경기도 파주시 교하읍 문발리 출판단지 525-2
대표 전화 (031) 955-6900, 팩스 (031) 955-6905

＊ 파본은 교환해드립니다.　　　　교정 · 편집 : 김혜연 · 김지선

ISBN 89-08-03298-3 04810 (홈페이지넷) http://www.bumwoosa.co.kr
　　　89-08-03202-9 (세트)　　(E-mail) bumwoosa@chol.com